LE GUIDE DE L'ASTROLOGIE
POUR LES DÉBUTANTS

POUR MIEUX VOUS COMPRENDRE GRÂCE À VOTRE THÈME ASTRAL

LISA BUTTERWORTH
PHOTOGRAPHIES DE LISA LINDER

LE GUIDE DE L'ASTROLOGIE POUR LES DÉBUTANTS

POUR MIEUX VOUS COMPRENDRE GRÂCE À VOTRE THÈME ASTRAL

MARABOUT

SOMMAIRE

INTRODUCTION

Depuis des millénaires, et probablement bien plus longtemps encore, les hommes se sont tournés vers les corps célestes pour obtenir des réponses à leurs questions et être guidés. Ceci n'est pas surprenant : dans la journée, le Soleil nous donne lumière et vie ; pendant la nuit, les étoiles scintillent dans le ciel tandis que la Lune, croissante puis décroissante, brille d'une lueur éthérée. Comment ne pas s'en trouver totalement intrigué ?

L'astrologie est l'art ancestral qui accorde au ciel et aux planètes qui s'y trouvent une signification plus profonde, au-delà de ce que la science, les mathématiques et l'exploration de notre Système solaire peuvent nous apprendre. C'est le langage mythique des étoiles, la prise de conscience de n'être qu'une infime partie d'une existence interconnectée, impactée et influencée par les énergies des planètes et leurs mouvements.
C'est également une façon relativement simple de mettre un peu de magie dans notre vie quotidienne.
Au cours des dernières décennies, l'astrologie traditionnelle a été réduite au seul horoscope, mais sa pratique est en réalité bien plus enrichissante et vaste. Elle est faite de multiples strates et nuances, que renforce l'intuition.
Cet art ancestral a des applications très modernes, c'est un outil intemporel qui permet de mieux se comprendre. Il nous fait prendre davantage conscience de qui nous sommes, de nos points forts et de nos possibles difficultés. Il nous apporte un éclairage sur l'humanité dans son ensemble, notre temps limité mais exceptionnel sur cette Terre, et la façon dont nous pouvons apprendre à mieux nous aimer et à aimer les autres.
Les pages qui vont suivre ne sont que le commencement. L'histoire de nos étoiles évolue en permanence. Apprendre à la lire vous aidera à écrire votre propre destin.

10:40
5G

QU'EST-CE QUE L'ASTROLOGIE ?

« Le cosmos est en chacun de nous. Nous sommes faits de matière stellaire. Nous sommes une façon pour l'Univers de se découvrir. » Carl Sagan

Observez donc le ciel par une nuit claire : vous pourriez bien avoir le sentiment que la Lune, et sa douce lueur, raconte, avec les étoiles intensément scintillantes, une histoire qui résonne profondément en vous, faisant vibrer le cœur même de votre être. L'astrologie est le langage par lequel une histoire est contée – un langage que les hommes ont adapté, fait évoluer et utilisé depuis des temps immémoriaux. C'est un langage vers lequel nous nous tournons pour mieux comprendre, être guidés, sentir que nous appartenons à quelque chose qui dépasse notre corps, mais aussi pour connaître l'endroit où nous nous connectons à l'Univers. Il est plein de symboles et d'archétypes, de mythologie et de mysticisme. Il nous rappelle que la magie foisonne dans notre vie quotidienne. Mais qu'est-ce vraiment que l'astrologie ?

DÉFINITION DE L'ASTROLOGIE

À son niveau le plus fondamental, l'astrologie peut se définir comme l'étude des corps célestes dans notre Système solaire et de la façon dont leur placement et leurs mouvements nous affectent sur Terre. C'est la pratique de l'interprétation des configurations des planètes, de leurs interactions et de ce que cela signifie en termes d'influence sur notre personnalité et notre mode de vie.

N'EST-CE PAS DES BALIVERNES ?

L'astrologie est fondée sur l'astronomie, la véritable science qui applique la physique, les mathématiques et la chimie à l'étude des corps célestes en dehors de l'atmosphère terrestre. C'est grâce à l'astronomie que nous savons que la Terre tourne autour du Soleil, que l'étoile la plus proche se situe en réalité à plus de trente-neuf milliards de kilomètres et qu'il existe plus de deux cents milliards de galaxies dans notre Univers – pour ne parler que de celles qui sont visibles. L'astrologie se fonde sur ces connaissances fondamentales – les constellations et planètes, leurs placements et mouvements – et y insuffle du symbolisme, de la mythologie et de la métaphysique.

Ce n'est pas par hasard si l'astrologie ravit le cœur et l'esprit des hommes depuis des millénaires : nous nous retrouvons en elle et elle nous renvoie le reflet de notre essence. On peut la considérer comme un impressionnant art mystique, tout en l'appréciant comme un outil pratique qui permet d'accéder à l'éveil de soi et à une meilleure compréhension de l'humanité même. En bref, l'astrologie sera aussi réelle que vous le ressentez – et que vous le souhaiterez.

HISTOIRE DE L'ASTROLOGIE

Art ancestral à l'histoire riche et longue, l'astrologie a connu des changements à travers les âges, mais ses fondations sont demeurées intactes, tout comme sa source d'inspiration : les planètes lumineuses que nous voyons dans le ciel.

DE BABYLONE AUX LUMIÈRES

Les hommes ont utilisé la nature comme outil divinatoire depuis l'aube des temps. Il semblerait que les origines de l'astrologie remontent ainsi aux Babyloniens : fins astronomes, ils ont divisé le zodiaque en douze parties en se basant sur les constellations que le Soleil semblait voiler pendant l'année. Leurs concepts en matière d'astronomie et d'astrologie ont été mis en pratique par les Égyptiens, qui croyaient que les mouvements des planètes pouvaient prédire l'avenir. Ayant conquis l'Égypte en 330 av. J.-C., Alexandre le Grand introduisit ainsi l'astrologie en Grèce antique, qui y apposa sa propre patte en présentant les douze éléments du zodiaque en une roue divisée en douze parts égales, qui sert encore aujourd'hui de référence. On pense que c'est à cette époque qu'un élément de type horoscopique a été ajouté. L'accent a alors été mis sur le thème de naissance individuel et les Grecs ont appliqué leur concept des quatre éléments (voir p. 18) – le feu, la terre, l'air et l'eau – au zodiaque, qui est devenu la base de l'astrologie occidentale que nous connaissons aujourd'hui. Sa popularité a grandi à travers le Moyen-Orient et l'Europe, où sa pratique était réputée pendant le Moyen Âge et une grande partie de la Renaissance. Ce n'est qu'à l'ère des Lumières, au XVIIIe siècle, lorsque la science et les vérités tangibles ont revêtu une importance primordiale, que les pratiques plus mystiques telles que l'astrologie sont tombées en disgrâce.

L'ASTROLOGIE MODERNE

L'astrologie a connu un regain de popularité à la fin du XIXe siècle, en même temps qu'un intérêt redoublé pour le spirituel, et a continué à prendre de l'ampleur pendant tout le XXe siècle, se teintant davantage de psychologie. Profondément intrigué par l'astrologie, Carl Jung, le célèbre psychiatre suisse, considérait que l'information qu'elle donne était une « description psychologique du caractère ». Ses travaux et ses études sur l'astrologie, la psychologie et l'inconscient collectif ont contribué à façonner l'astrologie telle qu'on la connaît aujourd'hui.

L'ASTROLOGIE CONTEMPORAINE

De nos jours, l'astrologie séduit massivement le grand public. La prolifération au siècle dernier de l'astrologie populaire et de ses horoscopes, simplifiés et modelés pour être utilisés dans les journaux quotidiens, a fait place à une vision bien plus complète de cet art. Se détachant de cette pratique de prédiction simpliste, l'astrologie est désormais considérée comme un cadre important qui permet de mieux comprendre notre personnalité et notre expérience humaine.

JUPITER
EARTH
MARS
MERCURY
VENUS
COMPARATIVE SIZE
of the SUN and the PLANETS.
SATURN
Solstitial
Fishes (Pisces)
Ecliptic
Syndesmos (Okdah)
Algenib
Markab
Equinoctial Colure
Sirrah
Mesartim
Sheratan
The Ram (Aries)
Hamal
Mirak
Triangulum
Schedir
Caph
Errai
North Pole
Polaris
Camelopardalis (The Giraffe)
Little Bear (Ursa Minor)
Lynx
Polar Circle
Dubhe
Merak
Phaed
Megrez
Alioth
Mizar
Alcor
Charles's Wain
Great Bear (Ursa Major)
Hercules
Rasalhague
Ras-al-gethi
Korneforos
Masym
Corona Borealis
Gemma (Alphecca)
Gaiam
Marfik
Serpent
Cebalrai
Unuk
Nakkar
Seginus
Alkalurops
Izar (Mirak)
Bootes
Benetnasch
Canes Venatici
Cor Caroli
Alula Borealis Australis
Leo Minor
Alshemali
Ras al Asad
Talita
Algeiba
Cancer
Zosma (Duhr)
Leo
Regulus
Sextans
Denebola
Muphrid
Virgo
Zavijava
Equator
ECLIPSE OF THE SUN

LES BASES DE L'ASTROLOGIE

Avant de nous plonger plus en détail sur leurs caractéristiques, commençons par une vue d'ensemble des éléments constitutifs de l'astrologie.

THÈME ASTRAL

Votre thème astral est une carte du ciel à l'heure exacte de votre naissance. Il va non seulement révéler votre signe astrologique mais aussi vous donner une vue complète de la façon dont vous avez été influencé par le pouvoir du cosmos et de sa configuration quand vous êtes arrivé sur Terre (voir p. 136).

PLANÈTES

On dénombre dans notre Système solaire dix corps célestes, considérés comme des planètes en astrologie. Cela inclut deux astres luminaires, le Soleil et la Lune, ainsi que les huit planètes qui tournent autour du Soleil : Mercure, Vénus, Mars, Jupiter, Saturne, Uranus, Neptune et Pluton. Chaque planète représente un élément de l'expérience humaine : Mercure, par exemple, gouverne la communication, tandis que Jupiter incarne le développement personnel.

SIGNES

Votre thème astral est divisé en douze sections – telles les parts d'un gâteau – représentant le zodiaque. Sur ce cercle, chaque planète réside dans l'un des signes du zodiaque, sortes d'archétypes énergétiques ou traits de personnalité dominants dérivés de l'expérience humaine, influençant la façon dont les planètes expriment leur dessein. Si le Soleil était en Balance à l'heure de votre naissance, alors votre signe solaire est Balance. Cependant, la position de la Lune joue également un grand rôle, et la répartition de chaque planète va influencer la forme d'énergie qui va se manifester dans votre vie. Le signe qui se levait à l'est au moment de votre naissance – votre ascendant – a aussi son importance. Avec vos signes solaire et lunaire, il vient compléter le « grand trio » (voir p. 137).

MAISONS

Connaître les planètes et les signes qu'elles occupent vous permettra de comprendre de façon basique votre conjoncture astrologique. Toutefois, il existe une strate supplémentaire majeure : les maisons astrologiques (voir p. 122). Tout comme votre thème est divisé en douze signes du zodiaque, il est aussi réparti en douze maisons, qui se chevauchent. Chacune représente une sphère différente, de la vie à la carrière en passant par les systèmes de croyance et plus encore. Une planète exprimera son énergie à travers le signe qu'elle traverse et dans la maison – ou domaine de vie – qu'elle occupe. Ainsi, avec Mercure dans la cinquième maison, qui régit la créativité, la personne se servira sans doute de l'écriture ou du verbe comme moyen d'expression.

COMMENT UTILISER CE LIVRE

Les chapitres qui vont suivre vont vous donner une vue d'ensemble préliminaire du monde exaltant, magique et instructif de l'astrologie. La manière dont vous utiliserez ce livre, à l'instar de la pratique elle-même, vous appartient totalement. Cependant, plusieurs points sont à prendre en compte lorsque vous approfondirez votre connaissance du symbolisme du cosmos et de la place que vous y occupez.

Vous connaissez déjà probablement votre signe solaire ou vous avez sans attendre déjà téléchargé votre thème astral sur Internet. Vous pourriez alors être tenté de ne lire que les chapitres qui vous concernent. Cela n'est pas un problème, mais sachez néanmoins que l'astrologie est bien plus que votre simple signe solaire et qu'elle s'étend bien au-delà des détails spécifiques d'un unique thème astral.

COMPRENDRE L'ASTROLOGIE DANS SON ENSEMBLE

Pour que cette introduction à l'astrologie soit la plus complète, nous vous recommandons de commencer par le début du livre et de progresser au fil des pages. Cela va vous donner une vision d'ensemble de la pratique et vous aider à comprendre son sens et son symbolisme dans leur globalité. Il est difficile de saisir pleinement la portée de votre signe solaire si vous ne vous penchez pas en même temps sur votre signe lunaire et l'équilibre qu'il apporte. Connaître les différentes significations des planètes, des plus proches du Soleil jusqu'à la minuscule et lointaine Pluton, vous donnera une idée du nombre élevé de personnages qui évoluent sur la grande scène céleste.

En vous familiarisant avec les archétypes du zodiaque et l'énergie dont vibrent les signes, vous comprendrez les nuances de votre thème et les différentes saisons énergétiques de l'année et de la vie. Cela vous permettra également d'apprendre quelle sorte d'énergie pourra équilibrer la vôtre. En approfondissant vos connaissances de l'ensemble des maisons, vous aurez une meilleure perspective sur les divers aspects de votre vie. Vous saurez aussi comment rediriger votre énergie vers d'autres domaines ou de différentes façons si ce qui vous arrive ne se déroule pas comme vous le souhaitez.

UTILISER LES OUTILS ÉNERGÉTIQUES

Chaque chapitre consacré à un signe du zodiaque détaille les différents cristaux et huiles essentielles qui représentent son énergie et l'aident à trouver un équilibre, ainsi que des suggestions d'utilisation. Absolument pas indispensables, ce sont toutefois de merveilleux outils qui peuvent amener l'astrologie et son énergie dans le monde tangible, et aussi une incroyable source d'inspiration. Ceux qui sont énumérés ici ne sont bien sûr que des suggestions. Si votre énergie de Poissons résonne davantage avec une améthyste qu'avec un quartz esprit, ou si la sauge sclarée ancre plus votre énergie de Taureau que l'ylang-ylang, surtout, suivez votre intuition.

LES SIGNES DU ZODIAQUE

Lorsque pour la plupart nous songeons à l'astrologie, ce sont les douze signes du zodiaque qui nous viennent en général à l'esprit… Et à raison ! Ces douze signes forment la base de l'astrologie et jouent un grand rôle dans l'enseignement que peuvent nous apporter les planètes sur nous-mêmes.

QU'EST-CE QUE LE ZODIAQUE ?

Avant de nous pencher plus en détail sur les influences du zodiaque, il est utile de comprendre de quoi il s'agit. Même si nous savons désormais que le Soleil ne bouge pas, de notre point de vue terrestre – et aux yeux des anciens astronomes et astrologues – il semble pourtant bien que ce soit le cas. Tandis qu'il traverse le ciel (ou, pour être plus précis, tandis que la Terre tourne autour du Soleil en suivant une trajectoire elliptique ou de forme ovale), il passe devant les constellations les plus visibles de notre sphère céleste à intervalles réguliers, année après année.

LA ROUE DE LA VIE

Ce concept se traduit sur le plan astrologique par la roue zodiacale, également connue sous le nom de « roue de la vie ». Ce cercle parfait représente la trajectoire du Soleil et se divise en douze parts égales : les signes du zodiaque. Chaque signe correspond plus ou moins à l'une des douze constellations du zodiaque et représente un archétype humain différent, ou énergie. Sa nature cyclique peut s'apparenter à un voyage, qui débute avec l'impulsivité audacieuse du Bélier lorsque le Soleil entre dans ce signe à l'équinoxe de printemps et se termine par les Poissons, un signe de transcendance émotionnelle et d'accomplissement.

L'INFLUENCE DU ZODIAQUE

Comment ces portions fixes du ciel, ces signes zodiacaux, affectent-elles donc notre personnalité et notre vie ? Tandis qu'elles traversent notre ciel, les planètes passent dans les douze signes du zodiaque. L'énergie du signe traversé par la planète détermine la personnalité avec laquelle cette dernière va s'exprimer. L'astrologie grand public accorde une très grande importance à notre signe solaire. Comme planète, le Soleil représente notre personnalité profonde (nous y reviendrons plus en détail), raison pour laquelle nous nous identifions souvent fortement à notre signe solaire. Il joue certes un énorme rôle dans notre patrimoine astrologique, mais chaque planète incarne un élément différent de notre personnalité, et était dans le ciel au moment où nous sommes arrivés sur Terre. C'est le positionnement zodiacal de chacune d'elles qui va déterminer son influence sur nous. Il se peut que vous connaissiez l'énergie de votre signe solaire, mais découvrir celle de chaque signe du zodiaque vous donnera une image bien plus nuancée et complète de votre patrimoine astrologique, et vous éclairera aussi sur la façon dont nos vies quotidiennes sont impactées par le mouvement des planètes dans le ciel.

Bélier
Taureau
Gémeaux
Cancer
Lion
Vierge
Balance
Scorpion
Sagittaire
Capricorne
Verseau
Poissons

LES ÉLÉMENTS

Chaque signe du zodiaque est associé à l'un des quatre éléments – le feu, la terre, l'air et l'eau –, chacun gouvernant trois signes. Connaître les éléments, c'est comprendre les bases de votre signe solaire, mais aussi votre thème en général. Plus un élément sera dominant dans votre thème, plus il apportera un éclairage sur votre nature.

LE FEU

Passionné + Motivé + Dynamique

Signes associés au feu : Bélier + Lion + Sagittaire

Les signes de feu portent bien leur nom : ces personnes créatives et charismatiques, dotées d'une forte estime de soi et d'une grande motivation, sont « tout feu tout flamme ». Elles font bouger les choses, souvent de manière intense, et attirent l'attention – qu'elles recherchent ! Ce sont des gens passionnés qui n'ont pas peur de revendiquer haut et fort leurs désirs les plus ardents. Véritables leaders et pionniers, ils peuvent aussi agir de manière impulsive. Revers de la médaille : un comportement parfois irréfléchi, égocentrique et un tempérament vif. Leur puissante détermination peut également conduire au burn-out. Pour eux, intensité est le maître mot. Apprendre à la canaliser peut donc représenter un défi.

LA TERRE

Réaliste + Pragmatique + Sensuel

Signes associés à la terre : Taureau + Vierge + Capricorne

Les signes de terre sont réalistes de nature. Ils abordent le monde avec un pragmatisme inné et excellent généralement dans les domaines pratiques. Amis et partenaires loyaux, ils plantent profondément les racines de leurs relations. Très ancrés dans le présent, ils ne s'attardent pas sur le passé et ne songent pas constamment à l'avenir. Plutôt en phase avec leur corps, ils aiment le mouvement, le toucher et le contact physique. Ils apprécient les choses concrètes que la vie a à offrir – bons repas, vins fins et possessions matérielles. Responsables et fiables, ils sont rassurés par la stabilité. Ces traits peuvent toutefois avoir un mauvais côté : leur ténacité peut les rendre incroyablement têtus et leur nature pragmatique les empêcher de prendre toute forme de risque ou de sortir de leur zone de confort.

L'AIR

Intellectuel + Sociable + Communicatif

Signes associés à l'air : Gémeaux + Balance + Verseau

L'air correspond à notre espace mental, et les signes associés ont la réputation d'avoir la tête dans les nuages, de toujours réfléchir. Ils sont doués non seulement pour conceptualiser leurs idées mais aussi pour les communiquer. Ce sont des personnes habituellement très sociables et capables de converser avec n'importe qui. Leurs actions sont dictées par la rationalité plutôt que par l'émotion, ce qui donne un caractère logique à leurs pensées et gestes. Ils évoluent dans le monde tels des observateurs impartiaux et comprennent parfaitement les comportements et les motivations des autres. Ce genre de réserve peut s'accompagner d'inconvénients : parfois connus pour être quelque peu inconstants, ils sont capables de passer à autre chose facilement de façon froide et détachée. Toutefois, ils sont de bonne compagnie, notamment pour explorer de nouvelles idées ou des activités créatives, ou simplement partager une conversation intéressante.

L'EAU

Intuitif + Émotionnel + Spirituel

Signes associés à l'eau : Cancer + Scorpion + Poissons

Les signes d'eau sont régis par l'émotion. Ils ressentent les choses profondément et de manière fluide, traversant la vie en la ressentant dans ses moindres aspects. Ils se montrent généralement très intuitifs, capables d'éprouver les émotions des autres et de faire preuve d'empathie. Ils pensent à tous points de vue avec le cœur, qui prend toujours le pas sur la logique du cerveau, quelquefois à l'excès. Comme les signes d'eau sont très ouverts et vulnérables, ils peuvent aussi être particulièrement sensibles, facilement blessés ou émotifs. Leur profond sens de l'intuition et leur connexion aux émotions signifient également qu'ils sont parmi les plus spirituels : ils sont conscients de notre place dans le vaste cosmos et cultivent l'univers qui existe au-delà de notre monde physique.

LES MODALITÉS

Les signes du zodiaque sont répartis en trois modalités (cardinale, fixe et mutable), qui reflètent l'énergie dominante d'un signe en phase avec le parcours du Soleil dans chaque saison. Par exemple, le printemps débute lorsque le Soleil entre en Bélier, un signe cardinal, puis se dirige vers l'énergie fixe du Taureau avant de sortir en Gémeaux, un signe mutable, pour recommencer ce schéma avec l'été.

MODALITÉ CARDINALE

Action + Initiative + Réussite

Signes cardinaux : Bélier + Balance + Capricorne

Les signes cardinaux se trouvant en début de saison, ce sont de talentueux initiateurs. Ils savent élaborer un plan et préparer le terrain afin qu'il se concrétise avec succès. Fervents partisans des démarrages en trombe, ils aiment lancer de nouvelles idées, dont les retombées seront toujours positives.

MODALITÉ FIXE

Stabilité + Constance + Durabilité

Signes fixes : Taureau + Lion + Verseau

Présents au milieu de la saison, les signes fixes possèdent l'énergie de la constance. Capables de prendre un projet à bras-le-corps, ils travaillent dur afin qu'il aboutisse. Fiables et industrieux, ils sont constants et précis. Figés dans leur routine et leurs habitudes, ils peuvent aussi se montrer réticents face au changement.

MODALITÉ MUTABLE

Conclusion + Changement + Transformation

Signes mutables : Gémeaux + Vierge + Sagittaire + Poissons

En fin de saison, les signes mutables savent clore un chapitre pour prendre un nouveau départ. Ces adeptes du lâcher-prise portent en eux l'énergie du changement grâce à leur grande flexibilité, qui leur permet de mener à bien les projets.

LES POLARITÉS

Les catégories les plus larges de classification des signes sont appelées « polarités ». On les nomme souvent « masculine » ou « féminine », « positive » ou « négative », « active » ou « réceptive », et tous les signes appartiennent à l'une ou à l'autre. Elles génèrent les éléments énergétiques opposés qui se complètent mutuellement à merveille.

MASCULINE/POSITIVE/ACTIVE

Tourné vers l'extérieur + Assuré

Éléments : Feu + Air

Signes : Bélier + Gémeaux + Lion + Balance + Sagittaire + Verseau

Les signes actifs ont tendance à être ouverts et dotés d'une énergie tournée vers l'extérieur. Ils sont extravertis, se forgent des chemins de manière plus directe et savent faire preuve d'initiative.

FÉMININE/NÉGATIVE/PASSIVE

Tourné vers soi + Passif

Éléments : Terre + Eau

Signes : Taureau + Cancer + Vierge + Scorpion + Capricorne + Poissons

Les signes réceptifs sont généralement davantage tournés vers l'intérieur : plus lents, ils sont dans la réflexion et l'émotion. Ils sont plus réactifs qu'actifs et naturellement réceptifs et intuitifs.

♈

BÉLIER

Sûr de soi + Aventurier + Dynamique

Ce premier signe du zodiaque possède tous les éléments qui font un leader : la confiance en soi, l'énergie, l'optimisme et une attitude combative qui pilote le tout. Le Bélier est « tout feu tout flamme », à l'image de l'élément qui lui est associé. Son attirance pour les nouveaux départs est révélatrice de l'énergie cardinale qui l'anime. Les idées originales, les nouvelles aventures pleines de promesses ne font qu'attiser son enthousiasme. Leader inné, il fait preuve de dynamisme et déborde de confiance en lui – les autres sont d'ailleurs heureux de le laisser prendre les choses en main. L'animal qui le symbolise ne craint pas la confrontation et évoque l'esprit courageux et combatif du signe. Le Bélier sait ce qu'il veut et va travailler avec ardeur pour l'obtenir. Comme il est gouverné par la planète Mars, il est dans sa nature de vaincre ses adversaires et de triompher de l'opposition.

Le Bélier est également régi par la première maison du moi, ce qui semble parfaitement logique pour ce signe qui tient farouchement à son indépendance. Le Bélier est sûr de lui et déterminé, mais peut aussi être centré sur lui-même. Il aime que les choses soient faites, et prestement ! Il n'a que peu de patience pour l'indécision ou les regrets. Il agit par instinct – parfois de manière impulsive – et va toujours de l'avant sans jamais regarder en arrière. Sa motivation énergique est communicative : le dynamisme du Bélier vous donnera le sentiment que tout est possible, que vous êtes la personne qu'il faut pour mener à bien un projet. La retenue et le tact ne sont pas ses points forts, mais son enthousiasme, son optimisme et son honnêteté les compensent largement.

PASSAGE DU SOLEIL DANS LE SIGNE

21 MARS-19 AVRIL

ÉLÉMENT

FEU

SYMBOLE

UN BÉLIER

MAISON

PREMIÈRE

♂ PLANÈTE

MARS

♎ SIGNE OPPOSÉ

BALANCE

MODALITÉ

CARDINALE

⊕ POLARITÉ

ACTIVE

AMOUR, AMIS, VIE DE FAMILLE

Pour le Bélier aventurier, amour doit rimer avec passion. Il ne tergiversera jamais face à ce qu'il veut ou à qui il veut ! Il rendra ses intentions claires et remuera ciel et terre jusqu'à ce que le sentiment soit réciproque. C'est un amoureux audacieux, capable de grands gestes romantiques et d'une nature passionnée. Tombez amoureux d'un Bélier et vous êtes assuré de passer un bon moment ! Il faut une personne très spéciale et captivante pour satisfaire son besoin continuel de nouveauté, mais il se montrera totalement dévoué une fois qu'il l'aura rencontrée. Le Bélier aime aussi diriger dans le domaine relationnel et trouve son bonheur avec un partenaire qui le laisse prendre les choses en main. Bridez son indépendance innée et il exprimera rapidement sa frustration grandissante.

Faiblesses : sa nature agitée peut rendre l'engagement à long terme difficile. Comme il aime l'exaltation qui accompagne les nouvelles relations et l'aventure, il est impératif que son couple nourrisse de tels désirs. Si son assurance est souvent un trait attirant, son narcissisme peut donner à ses partenaires le sentiment d'être invisibles, surtout quand l'éclat de la nouveauté synergétique s'est terni. Sa propension à l'agressivité peut conduire à des crises émotionnelles parfois injustifiées.

Signes compatibles : autre signe de feu, le Sagittaire a l'énergie nécessaire pour suivre le Bélier, et leur goût mutuel de l'aventure va les fédérer. Les Gémeaux, signe d'air, apprécient la stimulation intellectuelle perpétuelle du Bélier – ils ont aussi en commun la soif de nouveauté.

Signes inharmonieux : le Bélier impulsif trouvera la prudence du Cancer bien trop frustrante à son goût, et ces deux-là constateront vite que leurs tempéraments s'opposent. La nature réservée de la Vierge viendra se heurter à l'audace et au besoin de diriger du Bélier.

AMIS ET FAMILLE

Le Bélier est l'ami qui dit oui à tout, il croque la vie à pleines dents et la rend passionnante. Franc et direct, ce signe dynamique n'hésitera jamais à vous dire qu'il s'est senti offensé ou à énoncer certaines vérités dures à dire. Ami généreux, il vous soutiendra dans l'accomplissement de vos rêves les plus fous et sera prolixe en conseils pour les réaliser.

Dans le cadre familial, farouchement loyal et d'un soutien indéfectible, il aime avoir l'attention de ceux qui l'entourent, mais possède aussi un tempérament vif qui peut s'enflammer avec les dynamiques familiales. Sa propension à dire exactement ce qu'il ressent peut former des liens familiaux plus sincères, mais aussi causer des frictions et des conflits avec les proches.

CARRIÈRE, ARGENT, CONSCIENCE DE SOI

Grâce à sa détermination sans faille, le Bélier excelle au travail. Son besoin de réussir le propulse plus vite et plus loin que les autres. Sa propension naturelle à prendre les choses en main lui ouvre les postes de direction. Ce signe sait comment passer à l'action en suivant son instinct pour prendre des décisions rapides et mettre les plans en œuvre. Beaucoup se sentent attirés par les start-up ou un métier qui fait la part belle à leur esprit entrepreneurial, tout enthousiastes qu'ils sont à l'idée de lancer la prochaine grande tendance. Leur univers professionnel devra enflammer leur passion. Ce signe enthousiaste ne tiendra pas longtemps dans un métier qui ne stimule pas ses centres d'intérêt ou son sens de l'aventure.

ARGENT

Les Béliers sont généralement doués pour gagner de l'argent, mais aussi pour le dépenser. À cause de leur nature impulsive, ils peuvent rencontrer des difficultés à épargner pour un avenir qui semble fort lointain, alors qu'ils ont sous les yeux quelque chose qu'ils désirent là, maintenant. Leur forte personnalité pleine d'audace les pousse à facilement trop dépenser, notamment quand il s'agit de faire de nouvelles expériences encore meilleures que les précédentes. Ce manque de perspicacité peut aussi affecter leur capacité à investir : ils sont capables de prendre des risques sur la nouvelle action à la mode, qui deviendra vite de l'histoire ancienne, parce qu'ils n'ont aucune patience pour la croissance sur le long terme, au risque de voir leur capital plonger. Apprendre comment épargner sera leur plus grand défi.

POINTS FAIBLES ET CONSCIENCE DE SOI

Impétuosité : l'esprit de décision du Bélier peut, lorsque son énergie déborde, se transformer en impétuosité. Associez celle-ci à son besoin d'aventure, et il peut finir par traverser la vie à toute allure sans prendre le temps de vraiment se demander s'il va dans la direction qu'il désire.

Égocentrisme : le Bélier est stimulé par la confiance et l'indépendance, mais le surplus d'énergie de la première maison le rend complètement narcissique. Ajoutez à cela sa volonté farouche de réussir, et voilà qu'il peut oublier les personnes qu'il bouscule en fonçant tête baissée vers son objectif. En termes de relations interpersonnelles, cela signifie qu'il lui faut être activement à l'écoute des besoins des autres et faire de la place à leurs idées et à leurs désirs.

Abandon : l'énergie cardinale, pleine de fougue, motive le Bélier, mais son besoin de se voir propulsé peut laisser un goût d'inachevé. Son enthousiasme pour les idées et les aventures nouvelles à l'horizon peut en effet le faire changer de direction avant l'heure, ou laisser dans son sillage de nombreux projets inaboutis.

CRISTAUX

POUR RENFORCER L'ÉNERGIE DU BÉLIER : CORNALINE

La cornaline est source de pure motivation. Elle booste les capacités à prendre des décisions, vibre d'une énergie remplie d'assurance et donne de l'audace à toute voix qui en a besoin. Cette pierre de passion et d'identité fortifie le sens de soi, véritable domaine du Bélier.

Comment l'utiliser : tenez un morceau de cornaline au creux de vos mains et songez à des affirmations positives, ou dites-les à voix haute, pour augmenter son pouvoir.

POUR ÉQUILIBRER L'ÉNERGIE DU BÉLIER : AMÉTHYSTE

La douce énergie dont vibre l'améthyste est un baume apaisant pour la nature enflammée du Bélier. Elle irradie de paix et de tranquillité, aidant à calmer l'impulsivité de ce signe cardinal. C'est une pierre qui peut apporter de l'harmonie, très utile pour le Bélier combatif.

Comment l'utiliser : placez cette pierre de paix près de votre lit, c'est l'endroit parfait pour créer un espace personnel de tranquillité.

HUILES ESSENTIELLES

POUR RENFORCER L'ÉNERGIE DU BÉLIER : ROMARIN

Cette huile à l'odeur légèrement sucrée et herbacée représente les meilleures qualités du Bélier au complet : elle est vivifiante, augmente la clarté mentale et améliore même la circulation pour que son feu intérieur puisse brûler. Ses propriétés favorisant la concentration aident à bannir le doute de soi, suivant en cela le style authentique du Bélier.

Comment l'utiliser : frottez une goutte de romarin entre vos paumes de main, puis posez-les sur votre visage et inspirez. *Ne pas utiliser si vous êtes enceinte ou si vous allaitez, si vous souffrez d'épilepsie ou si vous êtes sujet à des crises de convulsions.*

POUR ÉQUILIBRER L'ÉNERGIE DU BÉLIER : PATCHOULI

Son odeur douce et épicée plaît au côté sensuel du Bélier, mais c'est une huile extraordinaire pour encourager la pleine conscience, chose souvent utile à ce signe. Elle a également des vertus apaisantes et aide à calmer l'impulsivité propre aux Béliers.

Comment l'utiliser : remplissez un flacon roll-on de 10 ml d'huile d'amande douce et ajoutez huit gouttes d'huile essentielle de patchouli. Appliquez le mélange sur l'intérieur de vos poignets pour renforcer la pleine conscience et apaiser les sentiments bouillonnants.

♉

TAUREAU

Constant + Patient + Fiable

Avec la constance qui le caractérise, le Taureau pourrait bien être le signe le plus fiable du zodiaque. L'énergie combinée de sa modalité fixe et de son élément, la terre, lui confère une présence ancrée, une nature pratique et un besoin de sécurité qui éclipse presque tout le reste. À l'inverse du Bélier et de sa soif d'aventure, le Taureau n'aime pas la spontanéité, ni le changement. C'est dans un environnement familier et face à des circonstances prévisibles qu'il se sent le plus à l'aise. Son énergie est forte et sensée. Tout comme l'animal qui représente ce signe, le Taureau est un être doux jusqu'à ce qu'on le provoque. Sa patience apparemment infinie a bel et bien des limites, et, lorsqu'elles sont atteintes, sa nature féroce peut s'embraser.

Cependant, le Taureau est aussi régi par Vénus, ce qui lui donne une intéressante combinaison de qualités. Bien que les nouvelles expériences ne soient pas sa tasse de thé, il apprécie les plaisirs de la vie : de délicieux repas, de bons verres et aussi des rapports sexuels enchanteurs. L'énergie du Taureau est profondément sensuelle ; et les plaisirs physiques jouent un rôle important dans sa vie. Tout comme la Balance, signe également gouverné par Vénus, le Taureau a un œil averti pour discerner la beauté, ainsi qu'un sens développé de l'esthétique. Il est souvent attiré par l'art et la culture. Son côté peut-être le plus surprenant : son romantisme en dépit de sa nature extrêmement sensée. Un autre trait intattendu : c'est un doux rêveur – ce qui vient contredire son caractère ouvertement pratique. Le Taureau est dans le contrôle, il travaille lentement et sans faillir en vue du but qu'il s'est fixé, quel qu'il soit. La question n'est pas s'il va réussir, mais quand. Cela pourrait prendre un peu de temps, mais sa capacité à persister demeure inégalée dans le zodiaque.

PASSAGE DU SOLEIL DANS LE SIGNE

20 AVRIL-20 MAI

ÉLÉMENT

TERRE

SYMBOLE

UN TAUREAU

MAISON

DEUXIÈME

♀

PLANÈTE

VÉNUS

♏

SIGNE OPPOSÉ

SCORPION

MODALITÉ

FIXE

POLARITÉ

PASSIVE

AMOUR, AMIS, VIE DE FAMILLE

Totalement dévoué, un Taureau amoureux offre une relation fiable, loyale et sincère. Il désire la sécurité et veut une personne qui va s'investir, auprès de laquelle il peut s'engager et construire un futur prospère sur le long terme. Il réfléchit cependant avant de prendre ses décisions. Son côté romantique se heurte à son sens pratique très développé : il évaluera avec patience les partenaires potentiels avant tout engagement solide. Tout en sensualité, il apprécie les plaisirs simples d'un bon repas ou d'un massage relaxant et aime se faire dorloter.

Faiblesses : l'aversion au changement peut rendre les Taureaux têtus dans leurs relations, ce qui peut être source de conflit s'ils refusent de faire des compromis, ou avoir des conséquences plus larges, comme rester dans une relation néfaste bien plus longtemps qu'ils ne le devraient. Tout le monde n'apprécie pas d'agir aussi lentement que les Taureaux et certains pourraient ne pas avoir la patience nécessaire pour tolérer leur façon d'agir sans précipitation et avec mesure. Si le désir d'engagement du Taureau n'est pas réciproque, il peut alors manifester de la jalousie et de la possessivité.

Signes compatibles : le loyal Cancer forme souvent un couple bien assorti avec le Taureau, qui recherche l'engagement. De plus, leur côté casanier se complète mutuellement. Autre signe de terre, la Vierge est intellectuellement compatible avec le Taureau. Tous deux apprécient le sens pratique et le caractère routinier de l'autre.

Signes inharmonieux : les Balances sont souvent bien trop capricieuses pour ce signe, qui ne supporte pas leur nature frivole et leur côté dragueur. Avec le Scorpion, aussi têtu que lui, une relation amoureuse sur le long terme sera très ardue.

AMIS ET FAMILLE

Ce sont des partenaires dévoués, en amour comme en amitié. Vénus, qui les gouverne, leur donne un goût prononcé pour la vie sociale, mais plutôt que d'évoluer dans de nombreux cercles de connaissances sympathiques, comme les Balances, elles aussi régies par Vénus, les Taureaux profitent d'un réseau restreint de personnes avec lesquelles ils partagent des liens forts. Toujours là pour vous, le Taureau vous offrira son soutien indéfectible. Attention, cependant : sa nature sensible pourrait bien être blessée par l'une de vos actions, mais son caractère mesuré ne le laissera probablement pas vous le montrer.

Le Taureau aime la stabilité dans son foyer. Au sein de son cercle intime, il accorde souvent sa confiance aux membres de sa famille – après tout, ils offrent la fondation solide et durable avec laquelle il est le plus à l'aise. Il sait aussi organiser les repas de fête avec talent.

CARRIÈRE, ARGENT, CONSCIENCE DE SOI

C'est dans sa carrière que la combinaison unique d'une créativité idyllique et d'un sens pratique inébranlable peut pleinement se révéler. Ce signe intelligent, travailleur et sympathique possède la patience et l'implication nécessaires pour s'attaquer à une tâche et la mener à bien. Toutefois, même s'il déborde d'idées, son désir de sécurité le fait se dérober face aux initiatives risquées et aux projets d'entrepreneuriat. Les start-up ne sont probablement pas l'endroit idéal pour lui, contrairement à un domaine créatif dans lequel il pourra mettre à profit sa nature terre à terre : écrire, produire, organiser des événements, ou travailler dans l'industrie de la restauration. Très indépendant, le Taureau n'a pas besoin des autres pour se motiver, mais, comme il est très facile à vivre, le travail en équipe fonctionne tout aussi bien.

ARGENT

C'est dans le secteur financier que le Taureau excelle réellement. Sa patience dévouée, son goût du luxe et son besoin de sécurité s'unissent pour créer un signe motivé par la stabilité financière. Pourquoi dépenser de manière frivole aujourd'hui quand, patiemment, vous pouvez investir cet argent, regarder votre capital augmenter et le dépenser outrageusement dans le futur sans compromettre votre sécurité ? Le Taureau aime les belles choses, mais il préférera se fixer un objectif, puis économiser et budgétiser jusqu'à ce qu'il soit atteint. Son aversion pour le risque en fait un investisseur fiable qui amassera fortune, lentement mais sûrement.

POINTS FAIBLES ET CONSCIENCE DE SOI

Rigidité : ancré dans ses habitudes et les pieds sur terre, le Taureau fait figure d'un des signes les plus fiables du zodiaque. Cependant, s'il ne fait pas attention, il peut devenir trop routinier et ne faire quelque chose que par seul souci de familiarité et d'habitude plutôt que par intention, se privant ainsi de l'émerveillement qu'offrent les nouvelles expériences.

Matérialisme : leur amour du beau, transmis par Vénus, ainsi que leur entière détermination à obtenir ce qu'ils veulent peuvent faire paraître les Taureaux comme un peu matérialistes. Ajoutez à cela leur capacité à engranger des gains financiers, et ces passions peuvent prendre le dessus. Dans la mesure où ils en sont conscients, ils devraient pouvoir maîtriser leurs désirs sans les laisser prendre le pas sur les aspects plus importants de la vie.

Manque de communication : il en faut beaucoup pour faire voir rouge à un Taureau, mais il arrive à ce signe étonnamment sensible de simplement refouler ses sentiments et de se montrer incapable de les exprimer de manière saine. Bien qu'il soit rempli d'émotions, sa nature réservée lui donne une façade stoïque qui réduit ses capacités à établir une connexion réellement intime.

CRISTAUX

POUR RENFORCER L'ÉNERGIE DU TAUREAU : ARAGONITE

Cette pierre, idéale pour se canaliser, vibre de l'énergie profondément ancrée du Taureau. Elle permettra de garder les pieds sur terre, fera redescendre en douceur les éternels rêveurs et redonnera une dose d'énergie. Elle est aussi connue pour aider à cultiver la patience, qualité phare du Taureau.

Comment l'utiliser : tenez un morceau d'aragonite entre vos mains lorsque vous méditez, pour ancrer votre énergie et laisser votre esprit vagabonder en paix.

POUR ÉQUILIBRER L'ÉNERGIE DU TAUREAU : CHRYSOCOLLE

Cette pierre de sincérité et d'amour peut être merveilleuse pour le Taureau, qui réprime ses émotions. Son énergie se concentre sur le cœur et la gorge, favorisant la communication bienveillante. Elle aide aussi à soulager l'anxiété liée aux transitions, un soutien dont le Taureau a besoin sans conteste.

Comment l'utiliser : portez un morceau de chrysocolle autour du cou pour encourager une communication facile, honnête et fluide.

HUILES ESSENTIELLES

POUR RENFORCER L'ÉNERGIE DU TAUREAU : YLANG-YLANG

Riche, florale et très fragrante, l'huile d'ylang-ylang représente le côté sensuel du Taureau, apportant avec chaque goutte l'essence du luxe. Son parfum inspirant stimule directement les centres du plaisir, faisant écho à l'amour de ce signe pour la beauté et cultivant ainsi sa nature physique.

Comment l'utiliser : pour que votre bain chaud soit encore plus agréable, mélangez cinq gouttes d'huile essentielle d'ylang-ylang à une cuillerée à soupe d'huile d'amande douce et versez-y le mélange. *Cette huile peut induire des effets de somnolence et irriter les peaux sensibles.*

POUR ÉQUILIBRER L'ÉNERGIE DU TAUREAU : CITRON

Lorsque le Taureau se sent particulièrement en situation de blocage, le citron peut lui apporter la dose d'énergie nécessaire pour qu'il ouvre son cœur et son esprit au changement. Son parfum d'agrume insuffle de l'énergie au mental et possède des vertus thérapeutiques qui agissent sur les émotions.

Comment l'utiliser : ajoutez une goutte d'huile essentielle de citron à un lait hydratant neutre pour le corps que vous utiliserez après le bain. *Assurez-vous seulement de tester d'abord le produit en petite quantité, car il peut irriter les peaux sensibles ou exposées au soleil.*

♊

GÉMEAUX

Intelligent + Curieux + Communicatif

Il semble parfois que ce signe très actif ne s'arrête jamais ! Les Gémeaux ont toujours plein de choses à faire. Ce signe sociable adore se faire de nouveaux amis, faire la conversation aux inconnus et partager ses idées et ses opinions avec quiconque l'écoutera. Cela n'est pas surprenant, puisque les Gémeaux sont régis par Mercure, la planète de la communication. L'énergie mutable des Gémeaux les rend également très flexibles. Ce signe d'air se montre perpétuellement curieux : il est constamment à la recherche d'idées et d'expériences nouvelles, absorbant l'information telle une éponge. Parlez de routine, ou de toute sorte de monotonie, et notre Gémeaux frivole et papillonnant prendra ses jambes à son cou. L'ennui arrive vite chez ce fan de changement qui ne ménage pas ses efforts pour être toujours exposé à la nouveauté. L'esprit des Gémeaux est vif, et leur personnalité, joueuse. Ils pourraient bien être les plus grands fêtards du zodiaque : pleins d'entrain, ils ont une excellente conversation, une grande sociabilité et une remarquable intelligence.

Le symbole de ce signe du zodiaque est une paire de jumeaux, représentation de leur tendance à faire plusieurs choses en même temps. Un Gémeaux en fera deux fois plus en moitié moins de temps, témoignage de son acuité intellectuelle et du fait qu'il soit à l'aise dans un certain chaos. Toutefois, il peut tout aussi bien ne rien finir du tout, occupé qu'il est à songer à de nouvelles idées passionnantes et à passer à autre chose avant d'avoir mené à bien ce qu'il a commencé. Les jumeaux incarnent également la dualité du Gémeaux, une capacité qui, lorsqu'elle est correctement canalisée, permet un équilibre entre la lumière et l'obscurité, un intérêt pour le royaume spirituel et le monde terrestre. Ce signe naturellement enjoué peut aussi sombrer profondément dans une humeur maussade.

PASSAGE DU SOLEIL DANS LE SIGNE

21 MAI-20 JUIN

ÉLÉMENT

AIR

SYMBOLE

DES JUMEAUX

MAISON

TROISIÈME

PLANÈTE

MERCURE

SIGNE OPPOSÉ

SAGITTAIRE

MODALITÉ

MUTABLE

POLARITÉ

ACTIVE

AMOUR, AMIS, VIE DE FAMILLE

Charmeurs romantiques et de nature enjouée, ces amants passionnés sauront, lors d'un rendez-vous amoureux, vous écouter avec attention et tenir la conversation, tant que vous piquerez leur curiosité. Cependant, aussi fascinant qu'il soit, le Gémeaux ne semble jamais complètement présent : il a bien trop à faire pour s'engager. Il débute une relation en ayant l'œil sur une autre, surtout lorsqu'à ses yeux monogamie rime avec monotonie. Quand il trouve enfin son jumeau, sa nature généreuse se révèle, et c'est également là que sa dualité se dévoile : il souhaite la sécurité tout en désirant la liberté, il cherche un partenaire dévoué, mais a besoin de solitude et d'indépendance pour vraiment s'épanouir.

Faiblesses : toujours à l'affût de la nouveauté, même en amour, les Gémeaux peuvent délaisser un partenaire potentiel avant de lui avoir donné une véritable chance. Leur tendance à nouer des relations fougueuses mais désinvoltes peut les empêcher de forger un lien intime et profond. Grâce à leur nature charmeuse, séductrice et pleine d'esprit, ils trouveront toujours quelqu'un pour une histoire sans lendemain. Cependant, pour une relation durable, il va leur falloir creuser plus profondément, canaliser leur énergie et apprendre à faire confiance et à se montrer fiables.

Signes compatibles : les Balances ont avec eux bien des points communs, notamment leur sociabilité pétillante et l'intelligence des signes d'air qui captive leur intérêt sur le long terme. Le caractère extraverti des Lions complète l'enthousiasme des Gémeaux, et ils forment un excellent et dynamique duo feu/air.

Signes inharmonieux : le besoin de liberté des Gémeaux les rend peu compatibles avec les Cancers, sensibles, et les Taureaux, possessifs. Leurs natures casanières freinent en effet le besoin des Gémeaux de faire de nouvelles expériences.

AMIS ET FAMILLE

Les cercles sociaux dans lesquels évoluent les Gémeaux sont incroyablement larges, et leur agenda déborde souvent d'événements. Ils ont toutes sortes d'amis et passent leur temps à papillonner de fêtes en lectures publiques et de conférences en expositions culturelles. Un Gémeaux est l'ami qui est toujours pris, mais, une fois que vous avez son attention, il se montre généreux, affectueux et ouvert. Dans la dynamique familiale, il fait aussi souffler un vent de folie et d'aventure à la maison. Néanmoins, les responsabilités familiales peuvent parfois être pesantes pour lui qui refuse toute entrave. Cependant, les liens familiaux sont ceux qui unissent, et le Gémeaux aura beau se rebeller et fuir, la famille est l'une des seules choses auprès de laquelle il reviendra presque assurément.

CARRIÈRE, ARGENT, CONSCIENCE DE SOI

Quand on parle de sa carrière, le maître mot est curiosité. Le Gémeaux excellera dans tout domaine capable de captiver son intelligence insatiable. Travailler en free-lance lui convient généralement mieux que des horaires de bureau, car la répétition et la routine éteignent rapidement sa flamme. Il peut également utiliser ses talents en communication pour la recherche, l'écriture et les médias. Tout ce qui fait appel à son caractère sociable peut aussi l'aider à maintenir son attention habituellement labile. Avec des centres d'intérêt aussi variés, sa quête perpétuelle d'expériences, sans oublier sa capacité mentale à traiter et à analyser le tout, la plupart des Gémeaux se trouvent au cœur de l'action. C'est un don qui leur permet de s'épanouir dans de nombreux secteurs axés sur la culture : le divertissement, la mode, les médias et le marketing.

ARGENT

L'agenda social chargé du Gémeaux correspond souvent à un compte en banque vide – les dîners, les notes de bars, les frais de taxis et les tenues pour sortir coûtent cher. Tout particulièrement pour lui, si accaparé par les options passionnantes qui s'offrent à lui qu'il ne se préoccupe pas d'épargner pour un futur bien lointain. Bien qu'il ait généralement de la chance dans ce domaine, il dépense souvent autant qu'il gagne en achats impulsifs et investissements risqués. Un prélèvement automatique, qu'il aura oublié avoir mis en place, lui permettra d'amasser un pécule sans avoir le sentiment de sacrifier ses loisirs.

POINTS FAIBLES ET CONSCIENCE DE SOI

Superficialité : les Gémeaux sont réputés pour leurs multiples centres d'intérêt et leur vivacité d'esprit. Néanmoins, même leur curiosité insatiable, quand elle est ainsi sollicitée, ne peut retenir tant de connaissances. C'est pour cette raison qu'ils peuvent paraître aussi légers : ils savent un peu de chose sur un grand nombre de sujets, mais n'en maîtrisent aucun complètement et véritablement.

Réticence à l'engagement : le besoin du Gémeaux de stimulation nouvelle et constante rend un engagement sincère difficile. Cela peut se manifester dans les relations amoureuses, mais aussi dans la vie quotidienne. Finir un travail ou mener à bien un projet peuvent lui poser des difficultés.

Incapacité à se concentrer : constamment débordé, le Gémeaux fait toujours un million de choses à la fois, mais combien en fait-il réellement correctement ? En sautant d'une conversation à l'autre, en passant d'une fête à une autre, il sera satisfait par des montées rapides d'adrénaline et les informations qu'il aura obtenues, mais en surface seulement. Pour connaître un véritable sentiment de satiété, le Gémeaux doit apprendre à ralentir le rythme, à respirer profondément et à être vraiment dans le présent.

CRISTAUX

POUR RENFORCER L'ÉNERGIE DES GÉMEAUX : CALCITE JAUNE

Pierre d'énergie, la calcite jaune irradie de positivité et d'optimisme. Elle offre un nouveau départ, ce que les Gémeaux apprécient, faisant de la place pour des idées originales. Elle représente aussi l'intelligence de ce signe d'air, qui aime collecter les informations, en aidant le cerveau à retenir et à traiter tout ce qu'il apprend.
Comment l'utiliser : garder un morceau de calcite jaune à l'endroit où vous travaillez, ou sur vous si vous vous déplacez donnera à votre cerveau une bonne dose de l'énergie du Gémeaux et de sa curiosité constante.

POUR ÉQUILIBRER L'ÉNERGIE DES GÉMEAUX : JASPE ROUGE

Cette pierre d'ancrage est un antidote au chaos et donne aux Gémeaux la stabilité dont ils ont besoin lorsque leur énergie est dispersée. Le jaspe rouge peut aider à ancrer la curiosité fugace du Gémeaux en faisant renaître de l'intérêt, ce qui lui permet de creuser un sujet plus profondément que d'habitude.
Comment l'utiliser : tenez un morceau de jaspe rouge entre vos mains, fermez les yeux et respirez profondément trois fois en inspirant pendant six secondes et en expirant pendant huit secondes, afin de renforcer un sentiment de stabilité.

HUILES ESSENTIELLES

POUR RENFORCER L'ÉNERGIE DES GÉMEAUX : BERGAMOTE

Les notes complexes de la bergamote, à la fois douces et épicées, florales et hespéridées, représentent bien les multiples facettes des Gémeaux. Ce parfum versatile est connu pour ses bienfaits sur le moral, à l'instar de ce signe d'air.
Comment l'utiliser : mélangez 10 ml d'huile d'amande douce et douze gouttes d'huile essentielle de bergamote dans un flacon roll-on. Appliquez au creux des poignets pour profiter de son odeur stimulante. *Ne pas utiliser sur la peau si vous devez vous exposer au soleil.*

POUR ÉQUILIBRER L'ÉNERGIE DES GÉMEAUX : PIMENT QUATRE ÉPICES

Les vertus d'apaisement et d'ancrage de cette huile épicée sont merveilleuses pour calmer les énergies qui vibrent en permanence chez le Gémeaux. Avec ses notes de cannelle, de clou de girofle, de noix de muscade et de poivre, elle peut l'ancrer dans le moment présent.
Comment l'utiliser : en diffusion à la maison pour créer un environnement chaleureux, calme, qui aide à se recentrer. *Ne pas utiliser l'huile essentielle de piment quatre épices en usage interne. Peut provoquer des irritations sur les peaux sensibles.*

♋

CANCER

Instinct maternel + Sensible + Protecteur

Très émotif mais farouchement protecteur – envers soi et les autres –, le Cancer porte l'énergie la plus maternelle de tous les signes du zodiaque. Le symbole de ce signe d'eau est le crabe avec sa solide carapace, qui fait des allers-retours sur la plage avant de se retirer dans la mer, aussi à l'aise dans l'eau que sur la terre. C'est aussi ce que fait le Cancer : il existe dans le monde matériel, mais va également dans celui, liquide, des émotions. La carapace protectrice du Cancer est difficile à percer, ce qui lui convient très bien. Elle cache une âme profondément sensible, sentimentale et habitée par les émotions, qui refuse de se montrer vulnérable face au monde et à ses manières déplaisantes. Le Cancer est régi par la Lune, le corps céleste de notre ciel le plus centré sur les émotions. Tout comme la Lune influence les marées, les humeurs du Cancer sont perpétuellement changeantes – il semble d'ailleurs n'avoir que peu de contrôle sur elles. Doux, gentil et doté d'un instinct maternel, le Cancer devient vite grincheux, apparaissant comme trop sensible et prompt à se montrer passif-agressif.

Le Cancer est également gouverné par la quatrième maison, celle du foyer. Il aime créer un espace confortable, accueillant et rassurant, dans lequel il adore se retirer quand le monde extérieur devient difficile à supporter. La sécurité est également un sujet de la plus grande importance : il protégera la sienne à tout prix, quitte à user de ses pinces. Cependant, sa profondeur émotionnelle et son extrême sensibilité lui confèrent aussi une formidable intuition. Il possède des talents créatifs et artistiques qui, combinés à sa nature pratique et à son énergie cardinale pleine d'assurance, lui permettent d'atteindre ses objectifs sans aucun problème. Toutefois, à l'image de son symbole qui se déplace latéralement, il ne prendra jamais le chemin le plus direct pour y arriver.

PASSAGE DU SOLEIL DANS LE SIGNE
21 JUIN-22 JUILLET

ÉLÉMENT
EAU

SYMBOLE
UN CRABE

MAISON
QUATRIÈME

PLANÈTE
LUNE

SIGNE OPPOSÉ
CAPRICORNE

MODALITÉ
CARDINALE

POLARITÉ
PASSIVE

AMOUR, AMIS, VIE DE FAMILLE

La façade de réserve affichée par un Cancer peut tenir ses partenaires potentiels à distance, mais il s'agit juste d'un mécanisme de défense qui lui permet de préserver sa vulnérabilité intérieure et son cœur profondément sensible. Pour ses avances ou ses invitations, il se servira d'allusions, de gestes subtils et de timides suggestions murmurées. Seule une solide relation basée sur la confiance lui fera baisser sa garde. S'il se sent aimé et soutenu émotionnellement, il sera alors l'un des partenaires les plus loyaux et dévoués du zodiaque. Sinon, attention à ses pinces !

Faiblesses : l'instinct maternel inné du Cancer est l'un de ses traits de caractère les plus appréciés, mais il peut également rapidement se transformer en une nature plus autoritaire, notamment avec un partenaire qui ne le couvre pas constamment de cet amour et de cette sécurité qu'il désire. Les émotions changeantes de ce signe régi par la Lune peuvent aussi le rendre sombre et replié sur lui-même. Ainsi, lorsqu'il se sent à fleur de peau, un geste qui sera considéré comme un manque d'égard pourrait bien le rendre boudeur et silencieux. Le Cancer ne choisira que rarement une voie directe pour communiquer, ce qui peut être la source de problèmes avec ses partenaires si des soucis latents ne sont pas exprimés et réglés.

Signes compatibles : ce sont les autres signes d'eau, comme le Scorpion et les Poissons, qui connaissent et comprennent le mieux la profondeur d'âme du Cancer. Eux aussi sont doués pour naviguer dans les eaux tumultueuses du changement, ils savent intuitivement ce dont le Cancer a besoin et lui apportent la sécurité qu'il désire si ardemment.

Signes inharmonieux : l'attitude des Gémeaux en amour est bien trop légère pour notre vulnérable Cancer, tandis que le besoin de vagabonder du Verseau entre en conflit avec ses tendances casanières.

AMIS ET FAMILLE

Tout comme dans les relations amoureuses, il faut du temps pour apprendre à véritablement connaître le Cancer. Une fois que c'est le cas, ce signe est un ami dévoué qui s'implique dans le lien profondément émotionnel qu'il vous offre. Il apporte son aide rapidement, se montre toujours d'un grand soutien et vous accueillera à bras ouverts dans la chaleur et le confort de son chez-lui. Néanmoins, il lui arrive aussi de se mettre en retrait après des frictions avec ses amis, il réintègre alors sa carapace protectrice au lieu d'affronter le problème et de travailler avec eux à sa résolution. L'amour du Cancer pour sa maison et sa sécurité le rend très dévoué à sa famille où il joue souvent le rôle de celui qui dorlote. Attention toutefois aux mots qui pourraient heurter sa sensibilité.

CARRIÈRE, ARGENT, CONSCIENCE DE SOI

La nature bienveillante du Cancer émerge aussi dans le cadre professionnel. Il peut être l'employé réputé pour avoir les intérêts de tous à cœur, celui qui joue le rôle de « psy » au bureau et qui dépose des biscuits ou des collations dans la salle de repos. Cependant, les Cancers sont également connus pour leur ténacité : une fois que leurs pinces ont attrapé ce qu'elles voulaient, il est pratiquement impossible de les leur faire lâcher. Ils peuvent donc se montrer très déterminés à obtenir un résultat. Ce sont des employés travailleurs et impliqués, notamment s'ils se sentent en sécurité dans leur poste. Ils sont très en phase avec les émotions, ce qui peut les guider vers des domaines où une telle sensibilité est un atout : aide psychosociale, thérapie, ressources humaines, travail social. Ils doivent juste veiller à prendre du temps pour se déconnecter et recharger leurs batteries.

ARGENT

Rien n'est plus sécurisant que la stabilité financière. Le Cancer est donc incroyablement talentueux en matière d'argent. Doué pour gagner de l'argent comme pour en épargner, il gère ses affaires de manière intelligente, faisant ainsi grandir son capital. Son aversion pour le risque fait de lui un investisseur prudent, mais, comme il est très important pour sa santé mentale de voir sa richesse – et sa sécurité – s'accroître, il dépense, épargne et investit selon des schémas bien éprouvés et toujours gagnants. Pour le Cancer, le problème n'est pas d'épargner mais de dépenser, pour enfin profiter de la vie rassurante et sécurisée qu'il s'est créée.

POINTS FAIBLES ET CONSCIENCE DE SOI

Vulnérabilité : malgré sa carapace protectrice, le Cancer est fait pour aimer et être aimé, materner et soigner ; aussi, il doit de temps en temps ôter son armure et s'ouvrir aux autres.

Sentimentalisme : souvent plongé dans la nostalgie et la sentimentalité, il se penche sur le passé et s'accroche à des souvenirs ou à des relations qui ne lui sont plus utiles. Une fois qu'un Cancer a créé un lien avec quelqu'un, le plus dur pour lui va être de le laisser partir. Toutefois, son cheminement sera bien plus constructif s'il apprend à lâcher ce qui appartient au passé.

Insécurité : son sentiment d'insécurité est l'un de ses grands défis. Si l'on se base sur son apparence calme et sereine, on ne devine pas forcément qu'intérieurement il est pétri d'anxiété et de doute sur lui-même. Au travail, il doute en permanence de ses compétences, il s'attend constamment à être démasqué (syndrome de l'imposteur). D'un point de vue relationnel, en amour comme en amitié, cela peut conduire à une sensibilité excessive et à un besoin d'attention un peu désespéré, entraînant un déséquilibre qui n'a pas lieu d'être.

CRISTAUX

POUR RENFORCER L'ÉNERGIE DU CANCER : QUARTZ ROSE

Tout comme le Cancer est la « mère » dans le zodiaque, le quartz rose est l'une des pierres les plus nourricières. Vibrant puissamment d'amour et de bienveillance, elle évoque une énergie féminine et maternelle qui rappelle les meilleures qualités du Cancer.

Comment l'utiliser : conservez un morceau de quartz rose sur votre table de nuit et laissez son aura vous envelopper d'amour et de bienveillance véritables. Ce sera la première chose que vous apercevrez le matin et la dernière chose que vous verrez le soir, un rappel que l'Univers, ou la mère divine, vous emplit d'un amour inconditionnel.

POUR ÉQUILIBRER L'ÉNERGIE DU CANCER : PREHNITE

Lorsque le Cancer est confronté à ses problèmes d'insécurité, la prehnite peut lui insuffler la douce puissance d'un regain d'estime de soi. Elle amplifie aussi la capacité à donner son avis et à couper les ponts avec les éléments du passé devenus inutiles, autant de choses dont le Cancer a toujours besoin.

Comment l'utiliser : la prehnite est une pierre de poche extraordinaire. Gardez-la sur vous lorsque vous aurez besoin de confiance en vous.

HUILES ESSENTIELLES

POUR RENFORCER L'ÉNERGIE DU CANCER : CLOU DE GIROFLE

Avec ses notes chaudes, cette huile essentielle à la fois douce et épicée nous rappelle le Cancer et ses humeurs lunatiques. Très protectrice, elle tient les germes et les virus à distance, et disperse les énergies négatives.

Comment l'utiliser : incorporez une goutte d'huile essentielle de clou de girofle dans deux gouttes d'huile d'amande douce, et, avec le doigt, tapotez le mélange à même la peau dans la région du cœur. Inspirez profondément. *Ne pas utiliser en interne, si vous êtes enceinte ou si vous allaitez.*

POUR ÉQUILIBRER L'ÉNERGIE DU CANCER : JASMIN

Quand la carapace du Cancer s'est trop épaissie, cette senteur florale capiteuse est merveilleuse pour ouvrir doucement son cœur. Elle est également réputée pour renforcer les sentiments de bien-être, ce qui est parfait pour le Cancer lorsque sa sensibilité est à fleur de peau.

Comment l'utiliser : mélangez trois gouttes d'huile essentielle de jasmin à une cuillerée à soupe d'huile d'amande douce, puis versez le tout dans un bain chaud, où vous vous plongerez. *Ne pas utiliser si vous êtes enceinte ou si vous allaitez.*

♌

LION

Chaleureux + Confiant + Dynamique

Le Lion brille de mille feux, exsudant chaleur, vie et générosité, à l'image du Soleil qui gouverne ce signe. Il aime être le centre de l'attention, attirant les gens dans son orbite pleine d'exubérance, tout comme les planètes gravitent autour du Soleil. Ce signe d'une nature enjouée, doté d'un penchant pour le dramatique, traverse la vie baigné d'une aura d'assurance. Les Lions ont une forte conscience de soi et un grand besoin de s'exprimer. Ce signe de feu est passionné et rempli d'une énergie qui vient à bout des choses, ce à quoi leur modalité fixe est habituée. Le Lion a également tendance à se montrer plutôt enjoué et enthousiaste, avec un magnétisme qui alimente son besoin de se trouver sous les feux des projecteurs.

Le lion représente ce signe du zodiaque pour une bonne raison : courageux, il ne laisse jamais la crainte de l'échec l'arrêter. Sa bravoure dans ses actions l'entraîne droit où la passion le mène. Il ne se dérobe pas face aux défis, mais bondit plutôt sur les problèmes qu'il rencontre en chemin. L'animal est aussi un symbole de royauté, qui correspond bien au Lion, parfois autosuffisant. Ce signe croit qu'il est spécial et important, il se dirige donc naturellement vers des postes d'autorité. Il est en outre incroyablement généreux et déborde d'énergie créative. Les Lions vivent dans un état perpétuel d'abondance. Ce signe sait qu'il a beaucoup à donner – de l'amour, de l'affection, du soutien, des idées – et sa nature profondément généreuse permet à ce flot d'énergie de toujours circuler.

PASSAGE DU SOLEIL DANS LE SIGNE
23 JUILLET-22 AOÛT

ÉLÉMENT
FEU

SYMBOLE
UN LION

MAISON
CINQUIÈME

PLANÈTE
SOLEIL

SIGNE OPPOSÉ
VERSEAU

MODALITÉ
FIXE

POLARITÉ
ACTIVE

AMOUR, AMIS, VIE DE FAMILLE

Un Lion brille de mille feux lorsque toute l'attention est tournée vers lui. Un partenaire qui le couvre d'éloges et de reconnaissance, prêt à donner à son ego les louanges qu'il désire, le comblera. Sous cette aura de confiance en soi se cache toutefois une âme sensible qui a besoin de se sentir indispensable. Cependant, un partenaire Lion donnera tout autant, voire plus, en retour. Un Lion a tendance à tout faire et ressentir en grand, amour compris. Le caractère dynamique de ce signe est renforcé par les relations : honnête, fidèle, sincère et affectueux, il se consacrera pleinement à la relation, et, fidèle à son talent pour les gestes théâtraux, il le fera avec de grands élans de romantisme et des rendez-vous amoureux extravagants. Susciter la passion d'un Lion s'apparente à baigner dans la chaleur et l'énergie du Soleil lui-même.

Faiblesses : le sens de l'ego développé du Lion peut parfois se transformer en arrogance. Il aime être le roi de son royaume, comme d'une relation. Un Lion peut se montrer assez exigeant, s'attendant à être servi et se sentant méprisé lorsqu'il ne l'est pas. Sa fierté peut également poser problème : si les projecteurs qu'il pense mériter ne sont pas braqués sur lui, il pourra ressentir de la jalousie et de la rancœur.

Signes compatibles : les Béliers et les Sagittaires possèdent la même énergie du feu que les Lions et sont à la hauteur de son caractère plus grand que nature. Ces signes savent comment profiter pleinement des instants de la vie, et leur joie, leur goût de l'aventure et leur passion sont similaires.

Signes inharmonieux : le caractère obstiné du Taureau peut se heurter au besoin de régenter du Lion, leur modalité fixe rend tout compromis difficile. Quant au total dévouement que désire le Lion, il pourrait bien contrarier le besoin inné d'indépendance du Verseau.

AMIS ET FAMILLE

Un ami Lion est un véritable ami. S'il aime être encensé et gâté, il rend la pareille sans compter. Votre estime de soi a besoin d'un coup de pouce ? Adressez-vous à un Lion, il sera le premier à chanter vos louanges, à vous soutenir et à vous assurer avec enthousiasme que vous êtes sur la bonne voie – et tout cela avec sincérité, bien sûr. Grâce à sa nature rayonnante, à sa loyauté spontanée et à son amour pour les feux des projecteurs, il ne manque pas d'amis fidèles. Bien qu'il ne craigne pas la confrontation en cas de désaccord, il sait se montrer franc, honnête et n'est pas rancunier.

Les Lions ont tendance à traiter les membres de leur famille de la même manière : ils sont ouvertement affectueux et encouragent leurs proches avec ardeur. Cependant, ils aiment qu'on les apprécie pour ce rôle, et leur fierté peut être blessée si leurs efforts ne sont pas reconnus. Les Lions peuvent également se montrer férocement protecteurs envers ceux qu'ils aiment.

CARRIÈRE, ARGENT, CONSCIENCE DE SOI

Les Lions sont passionnés, ambitieux et travailleurs, une combinaison gagnante sur le plan professionnel. Généralement, ils se retrouvent naturellement à des postes d'autorité. Des frictions peuvent naître lorsqu'ils doivent suivre des ordres au lieu d'en donner. Bien qu'ils adorent être sur le devant de la scène, leur énergie, leur générosité et leur enthousiasme leur confèrent un excellent esprit d'équipe. Ce signe s'épanouit aussi dans l'univers de la créativité : son penchant pour le théâtre en fait un artiste-né. Le Lion n'est jamais autant à l'aise que lorsque tous les regards sont tournés vers lui. Cependant, il excellera dans tout domaine qui fait la part belle à la créativité et le laisse partager sa profonde conscience de soi et sa vision unique avec le monde – ou, au minimum, avec le royaume que forme son cercle proche.

ARGENT

La propension naturelle du Lion à réussir implique de substantielles rentrées d'argent. Toutefois, avec son goût de l'extravagance, ces fonds peuvent être dépensés aussi rapidement qu'ils ont été gagnés. Mettre de côté en prévision de l'avenir n'est pas la spécialité du Lion : il vit dans le moment présent et souhaite en profiter autant que possible, achetant donc les objets dernier cri ou les plus performants qu'il convoite, ou se faisant plaisir avec des dîners, des vêtements et des vacances hors de prix. L'immense générosité du Lion peut aussi impacter sa situation financière. Il n'est pas inhabituel pour ce signe de régler la note après un repas, d'offrir de beaux cadeaux ou de prêter de l'argent à tout ami ou proche qui en a besoin. Pour le Lion, la stabilité financière arrive quand il réussit à économiser plus qu'il ne dépense.

POINTS FAIBLES ET CONSCIENCE DE SOI

Vulnérabilité : l'amour des feux de la rampe peut parfois virer à l'obsession, son besoin d'être admiré peut éclipser ses meilleures qualités, se transformer en narcissisme et le rendre incapable de tisser des liens sincères. Ce signe doit se souvenir qu'un public ne fait pas tout, et que, même s'il croit être la star du show, chacun a droit à sa place sur scène.

Fierté : lorsque la taille de son ego prend des proportions démesurées, cela peut créer certains problèmes si les autres ne voient pas les choses du même œil. Il peut devenir particulièrement sensible, et perdre alors sa joie, voire son estime de soi. Il peut se montrer offensé, ce qui se manifeste par des crises de jalousie, de possessivité, ou encore d'autorité. Le Lion doit se rappeler que sa propre opinion sur lui-même importe plus que celle des autres.

Théâtralité : si un brin de comédie peut rendre la vie plus intéressante et amusante, les choses peuvent cependant prendre une tout autre tournure quand cela tourne à l'excès. Ainsi, le Lion peut exagérer certaines situations ou les surcharger en émotions.

CRISTAUX

POUR RENFORCER L'ÉNERGIE DU LION : PIERRE DE SOLEIL

L'énergie du Lion brille tel un soleil et l'héliolite représente cette chaleur sous forme de cristal. Irradiant de joie et d'optimisme, elle a aussi la réputation d'accroître la générosité, l'un des traits les plus admirables chez le Lion. C'est une pierre qui renforce le pouvoir personnel, que le Lion possède avec assurance.

Comment l'utiliser : gardez un morceau de pierre de soleil sur votre autel ou à un endroit où vous pourrez le voir pendant la journée. Laissez-le emplir votre corps et votre esprit d'énergie, et augmenter les vibrations de votre maison.

POUR ÉQUILIBRER L'ÉNERGIE DU LION : HOWLITE

Cette pierre aux vertus apaisantes peut calmer le Lion lorsque ses éléments de feu semblent échapper à son contrôle. Elle apporte une profonde sérénité tout en stimulant la créativité. De plus, elle ouvre l'esprit à une conscience supérieure, aidant ce signe à se rappeler qu'il n'est pas le seul acteur sur scène mais plutôt une petite partie d'un tout bien plus grand.

Comment l'utiliser : tenez un morceau de howlite entre vos mains pendant que vous méditez, et laissez la pierre ancrer votre âme et ouvrir votre esprit.

HUILES ESSENTIELLES

POUR RENFORCER L'ÉNERGIE DU LION : PAMPLEMOUSSE

Avec ses notes lumineuses d'agrume, l'huile essentielle de pamplemousse est du soleil en flacon. Elle élève et apporte de l'énergie, tout comme le fait le Lion.

Comment l'utiliser : pour un rapide boost de bonheur, frottez une goutte d'huile essentielle de pamplemousse entre vos mains, puis portez-les à votre nez et inspirez profondément. *Peut irriter les peaux sensibles. Ne pas utiliser en cas d'exposition au soleil.*

POUR ÉQUILIBRER L'ÉNERGIE DU LION : NÉROLI

Si les huiles d'agrumes représentent le côté solaire du Lion, celle de néroli – obtenue par distillation des fleurs de bigaradier –, suave et florale, est équilibrante. Calmante, elle apaise l'anxiété tout en dopant l'humeur, donnant ainsi au Lion toute l'amplitude dont il a besoin pour révéler ses plus grandes qualités.

Comment l'utiliser : diffusez l'huile essentielle de néroli le soir dans votre maison pour apaiser le stress de la journée et créer un environnement merveilleusement calme pour dormir. *L'huile essentielle de néroli peut entraîner des effets de somnolence.*

You Are Stardust

♍

VIERGE

Intelligent + Attentionné + Pragmatique

La Vierge est l'un des signes les plus actifs du zodiaque, toujours en train de faire quelque chose : réparer, chercher une solution, nettoyer, organiser. C'est aussi le signe le plus organisé : elle adore simplifier, mettre de l'ordre, évaluer la situation – peu importe laquelle – et l'améliorer. Ce signe est obsédé par l'idée de réparer les choses. Il adore quand celles-ci se déroulent sans accroc et efficacement, et part en croisade dans le but de les améliorer, non seulement pour lui-même, mais aussi pour le monde dans sa globalité. Si quelqu'un est capable de rendre le monde meilleur, c'est sans conteste la Vierge. Ce signe de terre d'une grande intelligence a une approche extrêmement rationnelle des choses. Il aime analyser et fait montre de ses talents aiguisés en matière de débats, de déduction et de toutes sortes de résolutions de problèmes. Son monde est logique – vous pourrez toujours raisonner avec une Vierge.

Parfois, le point de vue analytique de la Vierge ne laisse aucune place pour l'expression des émotions, mais intérieurement ce signe peut être très sensible. Cependant, il ne laisse pas les sentiments prendre le pas sur son pragmatisme. La Vierge est aussi motivée par un fort désir de servir. C'est l'un des signes les plus attentionnés du zodiaque. Sa représentation, une vierge, n'a que peu de chose à voir avec la sexualité, mais tout à voir avec l'idée de pureté. Pas seulement en matière d'espace – même si organiser et désencombrer sont parmi ses passe-temps favoris – : ses intentions viennent du cœur le plus pur. Profondément altruiste, la Vierge veut utiliser ses réserves de connaissances et de données pour venir en aide aux autres.

PASSAGE DU SOLEIL DANS LE SIGNE
23 AOÛT-22 SEPTEMBRE

ÉLÉMENT
TERRE

SYMBOLE
UNE VIERGE

MAISON
SIXIÈME

PLANÈTE
MERCURE

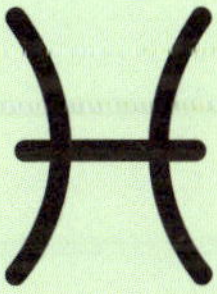

SIGNE OPPOSÉ
POISSONS

MODALITÉ
MUTABLE

POLARITÉ
PASSIVE

AMOUR, AMIS, VIE DE FAMILLE

Malgré sa nature pragmatique, la Vierge est régie par l'amour. Toutefois, comme elle est très indépendante, cela peut prendre du temps avant qu'elle ne s'ouvre à vous. En attendant, elle peut sembler quelque peu distante ou froide, mais, lorsqu'elle a trouvé un partenaire en qui elle peut avoir confiance, le barrage cède et vous recevrez des flots d'affection. Digne de confiance, la Vierge est aussi d'une gentillesse extrême et c'est par les services rendus qu'elle exprime son amour. Faites une croix en revanche sur les grands gestes romantiques, peu compatibles avec son côté pratique. Même si les Vierges apprécient vraiment la routine, leur énergie mutable signifie qu'elles sont également capables de s'adapter – notamment si vous faites appel à leur pragmatisme.

Faiblesses : le besoin qu'a la Vierge de réparer les choses peut s'étendre au domaine relationnel. Bien qu'elle critique et fasse des suggestions pour les améliorer avec les meilleures intentions du monde, un partenaire ne se montrera pas toujours ouvert à ses conseils, ni ravi de l'écouter. Le fait qu'elle minimise les émotions peut aussi être source de problèmes. Non seulement il peut être difficile de la connaître réellement, mais elle peut également réfléchir au lieu d'agir simplement avec son cœur.
Signes compatibles : les Taureaux et les Capricornes, autres signes de terre, peuvent s'accorder avec sa nature prosaïque. La rationalité de la Vierge complète en effet la constance des Taureaux, les deux formant alors un duo où règne la confiance, tandis que la motivation et le sens du devoir des Capricornes ne font que refléter ceux des Vierges.
Signes inharmonieux : le côté exubérant du Lion est un véritable anathème pour la Vierge pratique et réservée. L'intellect du Sagittaire va de pair avec celui de la Vierge, mais son anticonformisme est bien trop compliqué à gérer pour ce signe ordonné.

AMIS ET FAMILLE

Contrairement au Lion qui adore être au centre de l'attention et est ami avec tout le monde, la Vierge se montre plus réservée, préférant les interactions dans des cadres plus intimes. Elle aime les conversations intellectuellement intéressantes. Les mondanités ne sont pas sa spécialité, mais elle est une amie digne de confiance et solidaire, toujours prête à donner un coup de main. Elle résout les problèmes et offre des conseils fiables, et non obscurcis par l'émotion.
Les Vierges aiment être utiles, en particulier à ceux qui leur sont proches. C'est vers elles que la famille se tourne en cas de besoin et elles peuvent même parfois endosser le rôle de médiateur familial. Leur point de vue rationnel aide à apaiser les tensions : c'est la voix de la raison dans des situations où les émotions sont trop vives.

CARRIÈRE, ARGENT, CONSCIENCE DE SOI

La Vierge est l'un des signes les plus travailleurs. Grâce à sa capacité à mettre de l'ordre dans le chaos, à optimiser l'efficacité et à prêter attention aux détails les plus infimes, tout en restant modeste et en gardant les pieds sur terre, elle excelle dans de nombreux domaines professionnels. Son pragmatisme et ses talents pour résoudre les problèmes se prêtent à certains secteurs, notamment la science, le droit, l'ingénierie et l'analytique. Cependant, son envie de rendre service peut la diriger vers des activités plus humanitaires, comme le caritatif ou le médical. Quoi qu'elle fasse, elle le fait soigneusement et bien. Elle a l'esprit d'équipe et souhaite simplement faire du mieux possible, sans besoin de reconnaissance.

ARGENT

Le besoin d'ordre qu'éprouve la Vierge entre habituellement aussi en jeu dans ses finances. Elle a un budget et s'y tient rigoureusement. Sa nature pratique fait généralement d'elle une excellente épargnante : elle qui aime résoudre les problèmes planifie toujours pour l'avenir. Ce trait de caractère lui évite également de faire des dépenses extravagantes, mais, parfois, avec trop de prudence : elle devrait se souvenir que se lâcher un peu de temps en temps est une bonne chose. Foncez et achetez donc cet objet cher et peu pratique qui vous a fait de l'œil, vous l'avez probablement bien mérité !

POINTS FAIBLES ET CONSCIENCE DE SOI

Perfectionnisme : si sa recherche de perfection apporte motivation et succès à la Vierge, cela peut aussi se retourner contre elle. À vouloir que tout soit exactement comme elle le souhaite, elle peut en effet finir par se sentir submergée, frustrée, anxieuse et frôler le burn-out. Apprendre à accepter que les choses ne soient pas parfaites sera pour elle l'une des plus grandes leçons de vie.

Critique à l'excès : sa volonté de résoudre les problèmes et son désir de rendre service aux autres sont souvent appréciés. Cependant, elle doit apprendre à savoir s'arrêter avant que ses bonnes intentions provoquent la colère de ses amis, famille, partenaires et collègues. Personne n'échappe à la critique de la Vierge, surtout pas elle. Elle devrait donc aussi faire attention à ce que sa petite voix intérieure ne soit pas trop dure.

Trop pragmatique : sa vision du monde est extrêmement logique, mais elle peut faire preuve d'une rationalité excessive ! Lorsqu'on ne prend en compte que les détails et les données factuelles, l'inspiration se tarit et la magie quotidienne de la vie s'amenuise. La Vierge peut également se retrouver prisonnière de menus détails, sans être capable de prendre du recul pour voir la situation dans son ensemble et ce que le monde a à offrir.

CRISTAUX

POUR RENFORCER L'ÉNERGIE DE LA VIERGE : APATITE

L'apatite représente de nombreux traits de caractère de la Vierge. Elle est réputée pour être la pierre humanitaire, celle qui inspire le désir de se mettre au service des autres. Elle apporte aussi une grande énergie et renforce l'intellect : en vous aidant à traiter toutes les informations à votre disposition, elle vous permettra de vous forger un chemin solide.

Comment l'utiliser : conservez un morceau d'apatite sur un meuble dans votre pièce de vie afin d'infuser votre maison d'énergie et d'une aura de service.

POUR ÉQUILIBRER L'ÉNERGIE DE LA VIERGE : SÉLÉNITE

L'esprit de la Vierge est toujours en action, avec une intensité fébrile qu'il est difficile d'apaiser. La sélénite peut être l'antidote parfait : grâce à son énergie puissante, apaisante et purifiante, elle calme le corps et l'esprit tout en favorisant la pleine conscience, ce dont la Vierge, toujours pragmatique, a bien besoin.

Comment l'utiliser : gardez un morceau de sélénite près de votre lit ; ce cristal pourra vous aider à vous débarrasser du stress accumulé après une longue journée chargée.

HUILES ESSENTIELLES

POUR RENFORCER L'ÉNERGIE DE LA VIERGE : CITRONNELLE

L'huile essentielle de citronnelle a une senteur citronnée aux notes légèrement terreuses, qui renvoie à la motivation, très ancrée, de la Vierge. Elle est connue pour l'énergie et la clarté mentale qu'elle procure à l'esprit, autant de caractéristiques de ce signe de terre.

Comment l'utiliser : pour un boost d'énergie d'ancrage, frottez entre vos mains une goutte d'huile essentielle de citronnelle avec un peu d'huile d'amande douce, puis appliquez ce mélange sur vos tempes avant d'inspirer profondément. *Ne pas utiliser si vous êtes enceinte ou si vous allaitez.*

POUR ÉQUILIBRER L'ÉNERGIE DE LA VIERGE : SAUGE SCLARÉE

Ce dont la Vierge a le plus besoin, c'est d'un baume pour son stress, de quelque chose qui va apaiser son esprit inquiet. La sauge sclarée, avec ses notes herbacées et terreuses, apporte un calme instantané et une tranquillité profonde en même temps qu'elle renforce la clarté mentale.

Comment l'utiliser : concoctez un brumisateur anti-stress en versant vingt gouttes d'huile essentielle de sauge sclarée et 50 ml d'eau dans un vaporisateur de voyage. Secouez, vaporisez et inspirez profondément. *Ne pas utiliser si vous êtes enceinte ou si vous allaitez.*

♎

BALANCE

Équilibre + Beauté + Harmonie

Les Balances sont les diplomates du zodiaque, toujours en quête de justice, comme le rappelle le symbole de leur signe. Leur but ultime est l'équilibre, qu'elles recherchent dans tout ce qu'elles font. Régies par la planète Vénus, qui gouverne l'amour, le plaisir et l'art, elles apprécient souvent la beauté et les plaisirs raffinés de l'existence. Leur sens développé de l'esthétisme s'infiltre dans tous les aspects de leur vie : non seulement elles sont attirées par l'art et la culture, mais elles excellent aussi dans le domaine créatif. Elles ont en effet autant de talent pour partager leur propre beauté avec le monde que pour apprécier les splendeurs qui y existent déjà.

Ce sont généralement des créatures extrêmement sociables qui charment tout le monde. Très à l'écoute d'autrui, elles savent toujours comment donner à leur interlocuteur, quel qu'il soit, le sentiment d'être le plus important dans la pièce. Anthropologue par nature, la Balance est curieuse de ce qui anime les autres et aime les cerner, car comprendre leurs désirs et leurs motivations peut apporter l'harmonie qu'elle recherche. Comme cette harmonie est importante, la Balance évite généralement le conflit à tout prix. Il est facile de l'aimer et elle est naturellement appréciée, collectionnant les amitiés et les amours sans effort, brisant souvent des cœurs sur son passage. Si les Balances ont tendance à couvrir les autres d'attention, c'est parce qu'elles désirent ardemment qu'on les adore en retour. Grâce à leur nature facile à vivre, leur conversation stimulante et leur énergie engageante, elles obtiennent souvent une telle dévotion.

PASSAGE DU SOLEIL DANS LE SIGNE

23 SEPTEMBRE-22 OCTOBRE

ÉLÉMENT

AIR

SYMBOLE

UNE BALANCE À DEUX PLATEAUX

MAISON

SEPTIÈME

PLANÈTE

VÉNUS

SIGNE OPPOSÉ

BÉLIER

MODALITÉ

CARDINALE

POLARITÉ

ACTIVE

AMOUR, AMIS, VIE DE FAMILLE

La Balance est amoureuse… de l'amour. Elle aime aimer et tout particulièrement être aimée. Comme elle est très charismatique, elle ne manque pas de prétendants et pourrait même être considérée comme la séductrice ultime du zodiaque. D'une nature profondément passionnée, elle apprécie la sensualité et le sentiment d'être désirée. Cependant, elle s'épanouit aussi dans des engagements plus forts. Régissant la septième maison des partenariats, elle est attirée par la relation. Une union équilibrée, une personne avec laquelle elle peut partager ses idéaux, nourrir sa curiosité culturelle et participer à des soirées mondaines l'aideront à véritablement briller. Elle privilégiera les relations que les autres admirent : une Balance amoureuse formera le couple idéal convoité par tout célibataire malheureux.

Faiblesses : comme les Balances s'épanouissent lorsqu'elles sont aimées, leurs histoires d'amour peuvent flamboyer, mais aussi s'éteindre peu à peu lorsque la passion et le désir initial s'estompent. Les Balances mettront tout en œuvre pour que l'objet de leur affection tombe follement amoureux, mais, une fois qu'elles ont capturé son cœur, elles peuvent passer à une autre personne qu'elles pourront éblouir. Excellant dans l'art de rendre belle toute chose, elles devraient peut-être considérer de plus près les relations sérieuses et s'assurer que leur fonctionnement intérieur soit aussi attirant et satisfaisant que la façade qu'elles présentent au monde.

Signes compatibles : les dons similaires de sociabilité des autres signes d'air, Gémeaux et Verseaux, préservent l'harmonie qu'affectionne la Balance et leurs talents intellectuels stimulent le sien.

Signes inharmonieux : les Capricornes ont habituellement trop les pieds sur terre pour la Balance et ne cèdent pas à ses besoins d'attention ou à ses caprices. L'amour des Cancers pour la vie domestique est aussi souvent en décalage avec la personnalité très sociable de la Balance.

AMIS ET FAMILLE

Le désir profond d'harmonie des natifs du signe de la Balance se révèle pleinement dans leurs relations platoniques et familiales. Ce sont des conciliateurs : ils s'assurent que tout le monde dans leur cercle d'amis soit heureux et s'entende. S'il existe un désaccord entre leurs amis ou les membres de leur famille, ils vont naturellement se transformer en médiateurs, apaisant les esprits et calmant les tensions.

Leur caractère affable, allié à leur penchant pour la socialisation, permet aux Balances de se faire des amis où qu'elles aillent. Elles possèdent pléthore de relations sociales, bien qu'elles gardent leurs connexions les plus intimes pour les rares personnes qui font partie de leur cercle immédiat, leur propre famille ou celle qu'elles se sont choisie.

CARRIÈRE, ARGENT, CONSCIENCE DE SOI

La nature sociable et affable de la Balance se prête aux professions dans lesquelles le relationnel est important. Sans interaction humaine, elle se fanera. Le service client, les relations publiques ou l'organisation événementielle satisferont son inclination sociale. Ses talents créatifs la poussent souvent vers les métiers d'art (design, mode, art, écriture). Les Balances aiment lancer de nouveaux projets et sont capables de faire preuve d'esprit entrepreneurial, tout particulièrement si elles se sentent à l'aise et inspirées avec leur associé, ou peuvent former une équipe qui va se mobiliser autour d'elles. Leur quête de diplomatie et d'égalité s'adapte très bien aux secteurs du droit, de la défense d'intérêt, des droits de la personne et de la justice sociale.

ARGENT

Le sens de l'équité des Balances s'étend aussi au domaine financier. Elles gèrent leurs revenus intelligemment, équilibrant parfaitement dépense et épargne. Certes, elles adorent être entourées de beauté, mais cela ne se traduit pas nécessairement par du matérialisme. Une Balance se fera plaisir en s'offrant ce luxueux article qui lui aura fait de l'œil et lui apportera beaucoup de joie, ce qui vaudra souvent le montant dépensé, du moins à ses yeux. Son désir d'être aimée peut la pousser à se montrer très généreuse, et à régler par exemple la note au restaurant ou les consommations de tout le monde dans une soirée.

POINTS FAIBLES ET CONSCIENCE DE SOI

Indécision : comme les Balances pèsent toujours le pour et le contre et considèrent tous les aspects d'une situation, elles peuvent se retrouver paralysées par l'indécision, ou avoir des difficultés à se forger un avis authentique. Si elles ont une opinion tranchée, elles peuvent hésiter à l'exprimer par crainte de la confrontation ou par peur de bousculer leur précieux sens de l'harmonie.

Besoin de plaire : la nature charmeuse des natifs de ce signe peut les conduire à vouloir ardemment plaire à tout le monde. Ils placent alors les besoins de tous les autres avant les leurs, et perdent ainsi leur éclat ou leur conscience de soi. Même si leur amour de la pondération implique qu'ils peuvent véritablement être d'accord avec toutes les versions d'une histoire, on pourrait en outre croire qu'ils sont simplement malhonnêtes en acquiesçant à ce que tout le monde dit, même si ces points de vue s'opposent.

Superficialité : le revers de la médaille pour son amour de la beauté ? Une certaine superficialité : la Balance apprécie la beauté simplement pour ce qu'elle est, sans chercher à comprendre les choses de manière plus poussée ni à créer de liens plus intimes. Son côté « papillon social » peut aussi la conduire à accepter trop d'invitations, voire à faire un burn-out.

CRISTAUX

POUR RENFORCER L'ÉNERGIE DE LA BALANCE : RHODOCHROSITE

La rhodochrosite irradie d'amour et de positivité. Si l'envie de plaire aux autres qu'éprouvent les Balances naît d'une faible estime de soi, comme c'est souvent le cas, ce cristal aux tons roses peut apporter en abondance amour et acceptation de soi. Cette pierre pleine d'énergie, à l'instar de la Balance, vibre de gaieté et de romantisme.
Comment l'utiliser : glissez un petit morceau de rhodochrosite dans votre poche ou sac à main afin de toujours garder son aura d'amour et d'acceptation au sein de votre espace personnel.

POUR ÉQUILIBRER L'ÉNERGIE DE LA BALANCE : PYRITE

La pyrite fait redescendre l'énergie de l'air de la Balance directement sur terre grâce à ses puissantes propriétés d'ancrage. Elle peut être particulièrement bénéfique à la Balance en manque de clarté mentale, lorsque trop d'options s'offrent à elle. Son extérieur doré scintillant plaira également à son goût pour le beau.
Comment l'utiliser : exposer un morceau de pyrite sur votre lieu de travail peut vous aider à rester concentré tout en vous inspirant de nouvelles idées et en accroissant la positivité ambiante.

HUILES ESSENTIELLES

POUR RENFORCER L'ÉNERGIE DE LA BALANCE : ROSE

Le parfum enivrant de la rose n'est que pure romance, presque comme si Vénus nous l'avait envoyé elle-même. Cette huile voluptueuse répond parfaitement au désir d'amour et de raffinement de la Balance. La rose possède en outre de merveilleuses propriétés relaxantes et apporte un excellent soutien émotionnel.
Comment l'utiliser : ajoutez quelques gouttes d'huile essentielle de rose à une cuillère à soupe d'huile d'amande douce et versez le mélange dans un bain chaud pour un voyage sensuel et profondément apaisant. *Ne pas utiliser si vous êtes enceinte.*

POUR ÉQUILIBRER L'ÉNERGIE DE LA BALANCE : EUCALYPTUS

L'eucalyptus a une odeur intensément camphrée qui non seulement permet de centrer ce signe d'air, mais apporte aussi concentration et clarté à un esprit submergé. Il est parfait dans les moments où la Balance est prisonnière de ses pensées ou se sent distraite, et a besoin d'ancrage.
Comment l'utiliser : frottez une goutte d'huile essentielle d'eucalyptus entre vos paumes de main, puis placez celles-ci sur votre visage avant d'inspirer profondément pour vous connecter immédiatement au présent. *Ne pas utiliser si vous êtes enceinte ou si vous allaitez.*

♏

SCORPION

Passion + Ambition + Transformation

Mystère et intensité forment le fer de lance du Scorpion. Il émerge d'un profond puits d'émotions – c'est un signe d'eau, après tout – qui peut exploser avec force ou rester tranquille en apparence. Malgré ses airs calmes et sereins, ses sentiments ne cessent de s'agiter sous la surface. Tout cela fait partie de l'énigme que constitue le Scorpion, l'un des signes les plus complexes du zodiaque. Il se lance en effet dans les contradictions et les extrêmes, et comprend très bien les bouleversements et les transformations de la vie. Il est important de noter que l'animal qui le représente est une créature qui non seulement vit, mais aussi s'épanouit parfaitement dans le désert, loin de l'eau, l'élément qui lui est associé. Tout comme le scorpion se protège avec son dard mortel, les natifs de ce signe peuvent attaquer au moment où vous vous y attendez le moins.

Pour le Scorpion, tout se résume au besoin de contrôler. Il sait ce qu'il veut et parvient à ses fins par tous les moyens, attendant patiemment, observant et calculant calmement, jusqu'au moment d'agir. Incroyablement résilient, il est capable de faire naître le succès de l'échec, sorte de renaissance après la mort. Rien n'est superficiel dans ce signe : très intuitif, il va au-delà des apparences et sait reconnaître rapidement toute duplicité. Il n'a pas peur de plonger dans les profondeurs les plus sombres de ses émotions, remontant rapidement à la surface encore plus puissant qu'auparavant. Il peut être difficile de percer sa carapace, mais, une fois que vous avez obtenu sa confiance, sa loyauté, sa générosité et sa gentillesse sont infinies.

PASSAGE DU SOLEIL DANS LE SIGNE
23 OCTOBRE-21 NOVEMBRE

ÉLÉMENT
EAU

SYMBOLE
UN SCORPION

MAISON
HUITIÈME

PLANÈTE
PLUTON

SIGNE OPPOSÉ
TAUREAU

MODALITÉ
FIXE

POLARITÉ
PASSIVE

AMOUR, AMIS, VIE DE FAMILLE

Avec un Scorpion, l'amour est une question de passion. Il aime intensément ou pas du tout. Pénétrer dans son univers est ardu, mais la récompense obtenue en vaut la peine. C'est dans l'engagement qu'il est le plus à l'aise : un Scorpion ne partagera pas. En raison du profond puits d'émotions qu'il abrite, le degré d'intimité qu'il offre est bien plus grand que chez la plupart des autres signes. Le Scorpion aime le sexe : amant passionné et animé d'un désir ardent, il noue des liens véritables grâce à la proximité physique. Il est impossible de lui cacher quoi que ce soit, mensonges et semi-vérités, secrets et omissions. Cependant, offrez-lui un amour sincère et il vous couvrira d'affection, restera à vos côtés à vos heures les plus sombres et explorera les profondeurs les plus insondables que l'amour et la vie ont à offrir.

Faiblesses : les Scorpions exigent une grande confiance. La trahir, c'est atteindre un point de non-retour. Offensez-les une fois et ils seront offensés pour toujours. Leur besoin de contrôle peut aussi se manifester au détriment d'une relation en créant suspicion, jalousie et résistance à la vulnérabilité. Parfois très possessif, un Scorpion veut être le seul à combler tous les besoins de son partenaire. L'intensité de ses sentiments peut avoir un côté imprévisible et faire vivre à sa relation des montagnes russes émotionnelles.

Signes compatibles : le Scorpion trouvera chez les autres signes d'eau, Cancers et Poissons, une bonne compatibilité avec ses profondes émotions. Ces signes peuvent en effet égaler son intensité, et ils formeront ainsi un couple profondément engagé.

Signes inharmonieux : le Verseau, épris de liberté, est souvent bien trop léger en amour pour satisfaire les besoins émotionnels intenses du Scorpion. Avec une Balance, la rencontre peut faire des étincelles, mais la jalousie du Scorpion et la nature dragueuse de la Balance auront vite raison de leur relation.

AMIS ET FAMILLE

Nouer une amitié avec le Scorpion, ultra-protecteur, est difficile. Il peut sembler détaché ou arrogant, mais une fois la confiance établie, c'est une amitié qui traversera des océans profonds d'émotions, vous offrira un soutien indéfectible lorsque vous ferez face aux plus grandes épreuves et aux bouleversements de la vie. Le Scorpion est à l'aise avec tous les sujets, même les plus tabous, ce qui favorise une intimité platonique qui ne peut émerger qu'en connaissant les vérités les plus profondes de l'un et de l'autre. Il sait en outre garder un secret mieux que tout autre signe. Les Scorpions sont particulièrement dévoués vis-à-vis de leurs proches. Extrêmement loyaux, ils protègent les membres de leur famille, prenant soin d'eux avec cœur. Ce lien est quasi indéfectible. Le Scorpion est quelqu'un qu'il faut avoir à ses côtés.

CARRIÈRE, ARGENT, CONSCIENCE DE SOI

Incroyablement motivés, les Scorpions excellent dans pratiquement n'importe quel environnement professionnel. Dès qu'ils se sont fixé un objectif, ils calculent leur chemin jusqu'au sommet, travaillant sans relâche malgré une apparente nonchalance. Ils résistent bien à la pression et peuvent exceller dans des rôles qui nécessitent de déceler la vérité ou de naviguer dans les profondeurs émotionnelles. Nombreux sont ceux attirés par les domaines de la recherche, de la médecine, de la psychologie, ou même par le travail de détective. Quel que soit le secteur, les Scorpions devraient toujours faire un métier qui éveille leur intérêt et leur curiosité, pour avoir la motivation de réussir. Très dévoués, ils peuvent se montrer extrêmement impliqués dans leur travail, se donnant toujours au maximum.

ARGENT

Les Scorpions adorent avoir le sentiment de maîtriser la situation, ce qui vaut aussi pour leurs finances. Ils savent se montrer rusés quand il s'agit d'argent : ils sont déterminés à en amasser suffisamment pour ne dépendre que d'eux-mêmes. Ils sont au courant de chaque centime qui est crédité et débité sur leur compte. Ils sont généralement doués en matière d'investissement, car leur capacité à voir plus loin que le succès apparent peut les mener à de fructueux placements à long terme. Si les Scorpions utilisent leur nature calculatrice à bon escient, ils peuvent récolter de larges récompenses.

POINTS FAIBLES ET CONSCIENCE DE SOI

Tyrannique : le désir du Scorpion de tout contrôler peut dégénérer s'il n'est pas freiné et peut devenir obsessionnel, le plongeant dans un état constant d'agitation et d'affliction dû à toutes les situations dont il n'est pas maître. Un Scorpion doit donc apprendre à maîtriser ce qu'il peut et à lâcher du lest pour les choses qui échappent à son contrôle. Cela s'applique à tous les aspects de sa vie, du travail à la maison, en passant par les relations interpersonnelles et familiales.

Trop énigmatique : sa nature secrète peut aussi l'empêcher de nouer des amitiés et des relations. Il est certes prudent de vouloir qu'une personne gagne notre confiance, mais si l'on place la barre trop haut, si haut qu'elle en est presque inaccessible, on se prive purement et simplement du soutien et de l'esprit de camaraderie d'un rapport basé sur la confiance mutuelle.

Émotif : les grandes émotions sont l'apanage du Scorpion, mais cela peut causer des difficultés imprévues. Comme il est naturel pour lui d'explorer, de travailler et de ressortir complètement transformé de son expérience, refouler cette curiosité peut provoquer des sautes d'humeur et de la dépression. Un Scorpion qui refuse d'accepter sa part d'ombre se sentira mal à l'aise en permanence.

CRISTAUX

POUR RENFORCER L'ÉNERGIE DU SCORPION : MALACHITE

Le Scorpion est sensible au processus de transformation, et la malachite est une pierre qui aide à ouvrir la voie au changement véritable. Si vous cherchez du soutien dans le deuil d'une chose qui n'est plus afin de provoquer la naissance d'une autre, ce magnifique cristal vert vous aidera, tout en irradiant d'amour et de protection.

Comment l'utiliser : placez la malachite sur votre table de nuit ou à un endroit visible lorsque vous traversez de grands changements dans votre vie, pour vous rappeler la beauté qui naît de la transformation.

POUR ÉQUILIBRER L'ÉNERGIE DU SCORPION : AIGUE-MARINE

L'aigue-marine est une pierre de calme, parfaite pour tempérer les grandes émotions fluctuantes du Scorpion. Elle vous apportera une tranquillité fluide, vous aidant à naviguer dans les eaux agitées de vos émotions. Elle peut également inspirer l'acceptation, ce qui peut être bénéfique au Scorpion qui veut toujours tout contrôler.

Comment l'utiliser : asseyez-vous au calme en tenant un morceau d'aigue-marine dans les mains ou en le plaçant quelque part non loin de vous. Méditez sur la paix purifiante que ce cristal vous apporte.

HUILES ESSENTIELLES

POUR RENFORCER L'ÉNERGIE DU SCORPION : OLIBAN

L'huile essentielle d'encens (oliban) est aussi intrigante et énigmatique que le Scorpion. Son arôme boisé et épicé est utilisé depuis des millénaires dans les pratiques mystiques et spirituelles. Elle est idéale pour soutenir l'intuition surprenante du Scorpion, ainsi que son ouverture à tous les aspects de l'expérience humaine.

Comment l'utiliser : diffusez-en à la maison pour créer une atmosphère évocatrice qui vous apportera du calme et dopera votre humeur. *Ne pas utiliser si vous êtes enceinte ou si vous allaitez.*

POUR ÉQUILIBRER L'ÉNERGIE DU SCORPION : LAVANDE

Lorsque le Scorpion a sorti son dard, la lavande peut être l'une des meilleures huiles capables de restaurer l'équilibre et d'apaiser son envie explosive de lancer son attaque, qu'elle soit née de la peur ou de la colère – ou des deux, car elles vont souvent de pair. Ses propriétés infiniment calmantes en font un réconfort naturel pour le Scorpion.

Comment l'utiliser : mettez une goutte d'huile essentielle de lavande sur votre oreiller le soir afin de libérer les tensions de la journée. *Peut entraîner des effets de somnolence.*

♐

SAGITTAIRE

Optimiste + Indépendant + Aventurier

Le Sagittaire est l'aventurier du zodiaque : toujours à la recherche de la prochaine aventure, il a soif de nouveauté et se sent prisonnier dans la routine. Il aime profondément la vie, qu'il traverse avec aisance et bonne fortune. La chance sourit généralement parce qu'on croit en elle. Le Sagittaire est un éternel optimiste, il est donc très agréable d'être avec lui. Facile à vivre, cette pierre qui roule est constamment en mouvement et adore chaque minute vécue. Il croque la vie à pleines dents et n'a pas peur de courir après ce que le monde a à offrir : il est très épris de liberté. Mais le revers de la médaille sera sa rébellion face à la moindre idée de restriction.

Le Sagittaire est également en quête d'expériences inédites, mais aussi de connaissance, de vérité et de sagesse. Telle une éponge, il absorbe les activités, les idées et les nouveaux modes de pensée. Il voit la vie en rose, cherchant toujours à en atteindre sa vision idéaliste. Sa quête perpétuelle de l'herbe plus verte, cependant, implique qu'il a du mal à apprécier ce qu'il possède déjà. Avec ce signe, pas de faux-semblants : contrairement au Scorpion, il n'a aucun but caché. Il est ouvert d'esprit et sincère, parfois même trop – ce signe incarne parfois l'expression « se montrer brutalement honnête » sans même s'en rendre compte. Le Sagittaire s'épanouit dans l'immensité : la grandeur des expériences, de l'esprit, du monde.

PASSAGE DU SOLEIL DANS LE SIGNE
22 NOVEMBRE-21 DÉCEMBRE

ÉLÉMENT
FEU

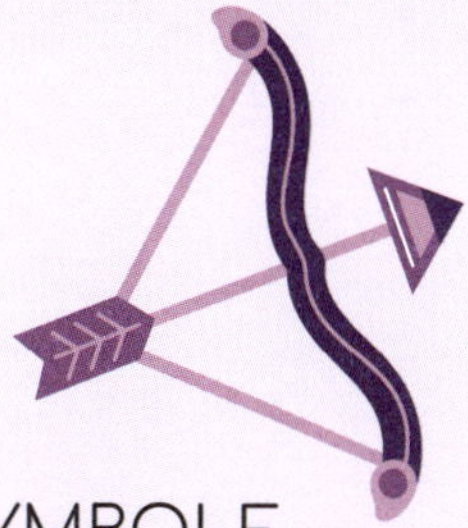

SYMBOLE
UN ARCHER

MAISON
NEUVIÈME

♃ PLANÈTE
JUPITER

♊ SIGNE OPPOSÉ
GÉMEAUX

MODALITÉ
MUTABLE

⊕ POLARITÉ
ACTIVE

AMOUR, AMIS, VIE DE FAMILLE

Chez le Sagittaire, chaque nouvelle histoire est une expérience passionnante, une opportunité d'apprendre, d'explorer et de voyager ensemble. Sa nature insouciante et joyeuse en fait un partenaire particulièrement sympathique qui cherche toujours à voir le côté positif de la vie. Si vous souhaitez sortir de votre zone de confort, un Sagittaire sera idéal – son appétit de vivre est très contagieux ! Cependant, il fonctionnera mieux sans attaches, car son besoin de liberté prend généralement le pas sur tout le reste.

Faiblesses : en amour, le Sagittaire est une véritable énigme : avec sa nature chaleureuse, il est facile de tomber follement amoureux de ce signe, mais son aversion pour la routine et les habitudes rend difficiles les relations sur le long terme. Il adore l'excitation qui naît de la nouveauté et, bien qu'il ne souhaite pas blesser ceux qu'il aime, il passe rapidement et facilement à autre chose dès que l'originalité s'est dissipée. Il croit en outre que tout finit généralement bien, sans forcément tout faire pour que ce soit le cas.

Signes compatibles : autre signe de feu, le Lion s'entend bien avec le Sagittaire. Tous deux aiment leur liberté et cultivent mutuellement leur goût de l'aventure. C'est aussi le cas du signe de feu qu'est le Bélier ; leurs curiosités insatiables se complètent.

Signes inharmonieux : le besoin de stabilité et de prévisibilité du Taureau est en conflit direct avec le désir de changement inné du Sagittaire. De même, l'envie de tout contrôler du Scorpion est à l'opposé de sa soif de liberté.

AMIS ET FAMILLE

Bien que le Sagittaire soit un partenaire compliqué pour une relation amoureuse sur le long terme, il est un formidable ami. Attentif aux centres d'intérêt de ceux qu'il aime, il les encouragera volontiers. Sa nature généralement gaie rend sa compagnie toujours plaisante. Son bonheur est contagieux et sa liberté d'esprit se prête aux joies de l'aventure avec ses amis. Ses cercles sociaux sont larges et éclectiques, reflets de ses centres d'intérêt variés et de sa grande curiosité. Ouvert et honnête, il noue des amitiés rapidement et incarne l'ami que l'on rêve d'avoir.

Avide d'indépendance; il quitte sa famille plus tôt que la moyenne, sans que cela affecte son amour profond pour ses proches et son dévouement envers eux. Même éloigné, il chérit le lien familial et répond toujours présent lorsqu'on a besoin de lui. Sa communication franche permet de couper court à beaucoup de dysfonctionnements et encourage une relation ouverte et aimante au sein de sa famille. Cependant, gare au retour de flammes : ses traits de caractère les plus affables ne parviennent pas toujours à atténuer le mordant de sa brusque franchise envers ses proches.

CARRIÈRE, ARGENT, CONSCIENCE DE SOI

L'aversion du Sagittaire pour tout semblant de monotonie exclut de nombreux métiers traditionnels avec des horaires de bureau. Ce signe s'épanouit le plus dans un travail qui répond à son besoin d'exploration et d'immensité, qu'il s'agisse d'une profession propice aux voyages ou qui permet à l'esprit de se développer. Bon nombre de Sagittaires sont attirés par la sphère académique et la recherche, tout ce qui pourra nourrir leur curiosité naturelle. Ils s'acclimatent également bien au travail en free-lance et aux missions – tout nouveau projet à l'horizon comble leur besoin de changement. Leur capacité à tout transformer en aventure est aussi parfaite pour les métiers de narration : l'écriture, le journalisme et l'univers du divertissement conviennent bien à son regard sympathique et amusé sur le monde.

ARGENT

Bien qu'il ne soit pas particulièrement doué pour mettre de l'argent de côté – quand on vit pour rendre chaque moment meilleur que le précédent, on a tendance à dépenser dans de nombreuses activités – un Sagittaire paraît toujours capable de disposer de suffisamment de ressources pour couvrir ses besoins. Tout comme dans la vie, il est à l'aise pour prendre des risques financiers, qui se révèlent souvent très payants. Quelle que soit sa situation financière, il la considérera d'une manière positive, ce qui lui donne toujours l'impression d'être dans l'abondance.

POINTS FAIBLES ET CONSCIENCE DE SOI

Franc-parler : si elle est souvent bienvenue et appréciée, la fameuse honnêteté sans filtres qui caractérise ce signe peut également finir par blesser, et susciter ressentiment et incompréhension. Le Sagittaire doit rester sensible au fait que, contrairement à ses attentes, une franchise totale n'est pas toujours bien accueillie.

Manque d'implication : son besoin constant de nouvelles expériences et de stimulation peut impacter son engagement. En amour, par exemple, le Sagittaire doit trouver la personne qui ne prendra pas pour elle sa soif de liberté, sinon il laissera dans son sillage une succession de cœurs brisés. Si ce trait de caractère lui permet de vivre des voyages et des projets passionnants, il peut aussi le conduire à ne rien achever : abandonner des projets, démissionner de son poste, dépasser les dates butoirs et se soustraire aux responsabilités quotidiennes.

Fébrilité : au sommet de son art, le Sagittaire couvre ses amis et partenaires d'amour et d'attention, mais son impatience peut être blessante. Toujours intrigué par son prochain grand projet, il considère parfois ce qu'il a sous le nez comme acquis. Sa capacité à se dérober face à ses responsabilités pour un oui ou pour un non peut agacer les signes les plus loyaux du zodiaque et donner à ses amis l'impression de ne pas lui suffire.

CRISTAUX

POUR RENFORCER L'ÉNERGIE DU SAGITTAIRE : TOPAZE

Les choses semblent venir facilement au débonnaire Sagittaire, et la topaze représente ce pouvoir de manifestation. Tout comme le Sagittaire lui-même, cette pierre est source de grande joie et aide à faciliter le changement, que ce signe recherche toujours. C'est un cristal de bonne fortune qui vibre d'une énergie d'abondance.
Comment l'utiliser : tenez un morceau de topaze dans vos mains, puis récitez une affirmation positive à voix haute ou silencieusement afin d'accroître votre optimisme et de manifester le futur de vos rêves.

POUR ÉQUILIBRER L'ÉNERGIE DU SAGITTAIRE : CHAROÏTE

La charoïte est un puissant cristal d'acceptation, qui peut calmer la fébrilité inhérente au Sagittaire. Elle illumine le miracle qu'est le présent, chose que notre Sagittaire, en quête perpétuelle d'herbe plus verte, a du mal à apprécier. Elle favorise également l'empathie, aidant les natifs de ce signe à comprendre combien leur vagabondage constant peut affecter ceux qu'ils aiment.
Comment l'utiliser : conservez la charoïte sur votre autel ou table de nuit afin de promouvoir un sentiment d'acceptation.

HUILES ESSENTIELLES

POUR RENFORCER L'ÉNERGIE DU SAGITTAIRE : ORANGE DOUCE

Le Sagittaire est un boute-en-train et attire tout le monde grâce à son énergie et à son charisme. L'orange douce en est la version végétale : il est impossible de ne pas aimer cette huile, qui est source de joie et d'énergie. L'orange douce, véritable boost d'humeur en flacon, instille l'optimisme du Sagittaire à chaque inspiration.
Comment l'utiliser : versez vingt gouttes d'huile essentielle d'orange douce et 50 ml d'eau dans un flacon-spray de voyage. Secouez, vaporisez et inspirez profondément. *Ne pas utiliser sur une peau exposée au soleil.*

POUR ÉQUILIBRER L'ÉNERGIE DU SAGITTAIRE : GÉRANIUM

Lorsque le Sagittaire a besoin de répit, l'huile de géranium, avec ses notes douces, peut l'apaiser et lui donner un certain ancrage en douceur, l'aidant ainsi à libérer un peu de l'anxiété qui accompagne sa soif permanente de changement.
Comment l'utiliser : remplissez un flacon roll-on de 10 ml d'huile d'amande douce et ajoutez dix gouttes d'huile essentielle de géranium. Appliquez le mélange sur l'intérieur de vos poignets. *Ne pas utiliser si vous êtes enceinte.*

CORONA AUSTRALIS

♑

CAPRICORNE

Travailleur + Déterminé + Patient

Rien ne sert de courir pour arriver premier chez ce signe gouverné par Saturne. Gagner la course revêt d'ailleurs une très grande importance pour le Capricorne, animé d'une grande ambition et qui travaille dur. Lorsqu'il se fixe un objectif, rien ni personne ne peut se mettre en travers de son chemin. Cependant, il ne réussit pas de manière explosive : il prend son temps, pavant soigneusement pierre par pierre la route qui mène au succès. C'est ainsi qu'il s'assure de solides fondations, et c'est grâce à sa patience illimitée et à sa persévérance qu'il triomphe. Cette méticulosité dans ses actions ne le laisse toutefois pas indifférent aux rêves. Le Capricorne est créatif, il possède juste la discipline nécessaire pour transformer ses rêves en réalité.

Son autonomie est primordiale : pour lui, un travail bien fait est un travail réalisé seul. Résolu, réaliste et, avant tout, pratique, il a souvent la réputation d'être celui qui gère les affaires, ce qui donne l'impression qu'il ne sait pas s'amuser. Mais sous ses airs austères se cache un sens de l'humour caustique qui ne demande qu'à vous faire rire. Le symbole du Capricorne, une créature mi-bouc mi-poisson, représente cette dichotomie : la chèvre industrieuse grimpe les versants les plus escarpés des montagnes d'un pied sûr et solide, mais la queue de poisson signale un côté sensible et émotif sous-jacent, peut-être caché mais bien présent. Les Capricornes gardent l'œil fixé sur leurs objectifs, ce qui peut les empêcher de voir les merveilles que la vie leur offre et qui se trouvent juste sous leur nez.

PASSAGE DU SOLEIL DANS LE SIGNE

22 DÉCEMBRE-19 JANVIER

ÉLÉMENT

TERRE

SYMBOLE

UNE CRÉATURE MI-BOUC MI-POISSON

MAISON

DIXIÈME

PLANÈTE

SATURNE

SIGNE OPPOSÉ

CANCER

MODALITÉ

CARDINALE

POLARITÉ

PASSIVE

AMOUR, AMIS, VIE DE FAMILLE

Pour le discipliné Capricorne, l'amour est un sujet sérieux avec lequel on ne joue pas. Il mettra son énergie dans une relation uniquement s'il entrevoit un avenir et si cela le rapproche de son objectif. Amourettes ou histoires d'un soir ne sont pas pour lui. Son côté travailleur s'applique aussi au domaine personnel ; avec le bon partenaire, un Capricorne testera sans relâche toutes les méthodes pouvant mener au succès. Son besoin de sécurité le pousse à rechercher un partenaire stable et fiable pour s'ouvrir véritablement et nouer des liens, et, une fois qu'il l'a trouvé, son engagement est inébranlable. Loin de se limiter à ses côtés discipline et responsabilité, il sait aussi se lâcher, et a juste besoin d'un compagnon qui lui donne l'espace suffisant pour cela.

Faiblesses : le Capricorne a de la chance s'il a du temps à consacrer à l'amour, car son succès professionnel et financier est une entreprise qui l'accapare. Il peut être difficile et long d'apprendre à le connaître en raison de son apparente stoïcité et de ses couches de protection extérieure. Du fait de ses hautes ambitions, il doit veiller à ne pas seulement être séduit par le succès apparent d'un partenaire potentiel, mais à aimer aussi la personne.
Signes compatibles : les Capricornes ont d'excellentes affinités avec les autres signes de terre. Ainsi, la stabilité qu'offre le Taureau est un bonus pour une relation entre ces deux partenaires dévoués. Les Vierges, qui partagent les mêmes sensibilités, s'accordent bien avec l'efficacité pragmatique du Capricorne, et leurs esprits remarquables d'intelligence s'associent merveilleusement.
Signes inharmonieux : l'éclat de la Balance peut retenir l'attention du Capricorne, mais il est bien trop austère et basique pour le « papillon social » amoureux de la beauté. Le Sagittaire peut apprécier la détermination du Capricorne, mais son besoin de liberté se heurtera au désir profond de sécurité de ce dernier.

AMIS ET FAMILLE

Les Capricornes sont peut-être difficiles à connaître, mais ceux qui y consacrent du temps sont récompensés par leur loyauté infaillible. Plutôt que de collectionner les relations sociales et les connaissances amicales, ils ont tendance à n'avoir qu'une poignée d'amis très proches pour lesquels leur soutien sera indéfectible. La famille est une priorité aux yeux du Capricorne, qui connaît déjà les récompenses de cet investissement à long terme : mettre de l'énergie au service des relations familiales est la clef du succès. Extrêmement loyal et fiable dans ce domaine aussi, il se sent particulièrement proche des membres de sa famille, qui connaissent sa véritable personnalité.

CARRIÈRE, ARGENT, CONSCIENCE DE SOI

Les Capricornes aiment un cadre structuré et un chemin clair vers le sommet. Ce signe, orienté sur la carrière, excellera dans tout secteur qui offre une visibilité dégagée sur sa possibilité d'ascension professionnelle. Il se retrouve souvent à des postes de dirigeant, en raison de son éthique de travail diligente et de son efficacité ambitieuse. Les Capricornes n'aiment pas forcément les feux des projecteurs, mais ils apprécient que leur labeur et leur dévouement soient reconnus. Ils s'épanouiront si leur engagement est récompensé. Motivés par les résultats, ils savent mettre en place des stratégies de réussite à long terme, ils font aussi d'extraordinaires entrepreneurs. En outre, leur persévérance et leurs talents de planification visionnaires seront idéaux pour lancer une entreprise et la pérenniser.

ARGENT

Sans surprise, les Capricornes sont également extrêmement talentueux quand il s'agit d'argent. Toujours en recherche de sécurité, ils apprécient la stabilité financière et utilisent donc leur industrieuse patience pour construire leur fortune. Ils ont des tendances conservatrices : ils ne réalisent pas d'investissements tape-à-l'œil ni à hauts risques, mais font travailler leur argent, observant et attendant patiemment les retombées. Ils pensent toujours à l'avenir et ne vont pas faire de dépenses excessives aujourd'hui quand ils peuvent épargner pour demain. Ils savent très bien mettre sur pied et tenir des budgets, et sont particulièrement à l'aise lorsqu'ils connaissent en détail et contrôlent leur situation financière.

POINTS FAIBLES ET CONSCIENCE DE SOI

Rigidité : les pragmatiques Capricornes n'ont parfois qu'une vision en noir et blanc de la vie, oubliant qu'il existe plusieurs nuances de gris dans le monde. Il leur arrive souvent de penser, à juste titre, que leur façon de faire est la meilleure. C'est donc un travail qu'ils doivent entreprendre : laisser de la place aux autres pour qu'ils explorent leurs options, à tort ou à raison.

Obsession du résultat : les Capricornes peuvent être tellement focalisés sur leurs objectifs qu'ils en oublient que le voyage est tout aussi important que la destination. Lorsque monter toujours plus haut est un but constant, il est difficile d'apprécier ses réussites. Leur nature travailleuse est au cœur de leur personnalité, mais ils doivent se souvenir que se donner un peu de bon temps fait aussi partie de la vie, car ce n'est pas quelque chose qui leur vient naturellement.

Vulnérabilité : l'apparente rigidité émotionnelle des Capricornes peut laisser penser à tort qu'ils n'ont pas besoin d'affection ou de soutien, alors qu'ils ont seulement du mal à exprimer ce souhait, car cela requiert une vulnérabilité difficile pour eux à concéder.

CRISTAUX

POUR RENFORCER L'ÉNERGIE DU CAPRICORNE : ONYX NOIR

Cette pierre noire comme l'encre possède de nombreuses caractéristiques du Capricorne. Elle offre un ancrage et une stabilité incroyables, vous permettant de canaliser vos énergies afin d'atteindre vos objectifs. C'est un cristal qui favorise la productivité et la protection, la vigueur et la force, tout en apportant une bonne dose d'estime de soi.

Comment l'utiliser : gardez un morceau d'onyx noir sur votre lieu de travail, à un endroit où vous pourrez le voir, afin de rester concentré sur votre but et d'avoir confiance en vos talents.

POUR ÉQUILIBRER L'ÉNERGIE DU CAPRICORNE : PIERRE DE LUNE

La beauté éthérée de la pierre de lune et sa connexion au chakra supérieur aident à équilibrer l'intensité terrestre du Capricorne. Elle vibre d'une énergie féminine, adoucissant la rigidité des natifs de ce signe.

Comment l'utiliser : conservez une pierre de lune roulée dans votre poche ou votre sac. Avoir sa douce énergie à portée de main vous aidera à vous détendre, à vous ancrer dans le moment présent et vous ouvrira à des pensées spirituellement supérieures.

HUILES ESSENTIELLES

POUR RENFORCER L'ÉNERGIE DU CAPRICORNE : MENTHE POIVRÉE

L'odeur rafraîchissante de la menthe poivrée apporte de l'énergie et régénère ; elle accroît aussi la clarté mentale et la productivité – parfait pour les besoins hautement ambitieux du Capricorne !

Comment l'utiliser : frottez une goutte d'huile essentielle de menthe poivrée entre vos paumes de main, puis placez-les devant votre nez et inspirez profondément chaque fois que vous ressentirez le besoin de vous ressourcer. *Ne pas utiliser si vous êtes enceinte ou si vous allaitez.*

POUR ÉQUILIBRER L'ÉNERGIE DU CAPRICORNE : PALMAROSA

Avec ses notes subtiles de fleurs et d'agrumes, le palmarosa apaise les tensions liées à la charge de travail du très ambitieux Capricorne. Cette huile essentielle douce se connecte également à ses émotions et leur permet de remonter à la surface.

Comment l'utiliser : mélangez cinq gouttes d'huile essentielle de palmarosa à une cuillerée à soupe d'huile d'amande douce, puis versez le tout dans un bain chaud. Ne pas utiliser en cas de grossesse. *Peut irriter les peaux sensibles.*

VERSEAU

Indépendant + Idéaliste + Anticonformiste

Libre penseur et visionnaire, le Verseau se lance à la poursuite de ses rêves. Il pourrait bien être le signe le plus avant-gardiste du zodiaque, principalement parce qu'il ne fait jamais rien comme tout le monde. Il est excentrique, ouvert d'esprit et totalement anticonformiste : la seule chose prévisible chez lui est... son imprévisibilité. L'univers de ce signe d'air est celui des grandes idées, chacune plus passionnante que la précédente. Très souvent, on le retrouve à comploter, manigancer et imaginer des moyens de rendre le monde meilleur. Humaniste dans l'âme, le Verseau étudie les actions individuelles pour expliquer comment le monde fonctionne dans sa globalité (son symbole, le porteur d'eau, a la réputation d'être un guérisseur, et sa cruche, les émotions collectives du monde). Ne vous attendez pas cependant à ce qu'il se perde dans les détails – il n'est que le visionnaire – ; les obligations du quotidien et les petites particularités triviales ne sont pas le fort de ce signe épris de liberté. Face à la routine, il préférera partir en courant dans la direction opposée.

Le Verseau est également un être de contradictions. Régi par Uranus, la planète du changement, il a aussi une modalité fixe. Ainsi, il fait les choses à sa façon du moment que cela lui permet de se distinguer des autres, tout en tenant à ses opinions progressistes. Si le bien-être émotionnel de l'humanité lui tient à cœur, il préfère pour lui-même la réflexion à l'émotion. C'est la raison pour laquelle, en dépit de son côté ouvertement chaleureux et sociable, le Verseau peut sembler détaché et distant. Il est toutefois très tourné vers sa communauté et s'entend parfaitement avec tout le monde, peu importent les horizons. Passez du temps en la compagnie d'un Verseau et vous pourriez bien vous retrouver perpétuellement surpris par ses actions, mais vous ne vous ennuierez pas. Il ne ment jamais sur qui il est réellement.

PASSAGE DU SOLEIL DANS LE SIGNE

20 JANVIER-18 FÉVRIER

ÉLÉMENT

AIR

SYMBOLE

UN PORTEUR D'EAU

MAISON

ONZIÈME

PLANÈTE

URANUS

SIGNE OPPOSÉ

LION

MODALITÉ

FIXE

POLARITÉ

ACTIVE

AMOUR, AMIS, VIE DE FAMILLE

En amour, c'est la stimulation intellectuelle qui séduira le Verseau. Il a besoin de quelqu'un qui voit les choses en grand, comme lui, et aussi original. Un partenaire qui souhaite l'aider à changer le monde pourrait retenir l'attention de cet idéaliste. Attention, cependant : montrez-vous trop démonstratif face à ce signe d'air, et il renoncera à nouer des liens plus étroits. Son caractère anticonformiste se traduit aussi par son goût pour les relations non conventionnelles, voire pour son exact opposé. Il est toujours prêt à essayer de nouvelles choses pour voir ce qui va fonctionner. Ce dont le Verseau a peut-être le plus besoin, c'est d'un sentiment de liberté réciproque. Un partenaire indépendant obtiendra le meilleur de ce qu'il a à offrir : générosité, acceptation et des projets passionnants.

Faiblesses : son aversion pour le conventionnel et sa crainte de perdre son indépendance rendent difficiles de vraies relations. Dès qu'il a la moindre sensation d'avoir la corde au cou, il fait ses valises sans regarder en arrière (et sans aucune culpabilité). Comme il tient les émotions à bonne distance, l'intimité émotionnelle grâce à laquelle l'amour s'épanouit s'avère compliquée. Même avec ceux qui lui sont chers, trouver une telle connexion peut être plutôt délicat. L'élément fixe de ce signe se manifeste aussi par une obstination extrême, souvent sans compromis possible.

Signes compatibles : le Verseau est si facile à vivre qu'il est compatible avec tout le zodiaque. Néanmoins, les autres signes d'air, les Gémeaux et la Balance, ont des affinités particulières en termes d'intellect et de sociabilité. Les signes de feu, que sont les Béliers et les Sagittaires, s'accordent également avec les Verseaux, qu'ils ne chercheront jamais à dompter.

Signes inharmonieux : le Taureau, tout aussi têtu, cherchera à enfermer le Verseau, ce qui le fera fuir très vite. La profondeur des émotions et les sentiments explosifs du Scorpion sont souvent plus que le caractère détaché de ce signe ne supportera.

AMIS ET FAMILLE

Les Verseaux sont des amis fabuleux. Leur nature sociable et prête à tout fait que l'on a envie de les côtoyer. Le cercle social de ce signe est très large : il a des amis surprenants et de tous horizons. Sa loyauté est profonde, même si ses émotions le sont moins. Sa vision globale des choses lui fait ignorer les difficultés du quotidien auxquelles ses amis les plus chers doivent faire face.

L'anticonformisme du Verseau lui donne parfois le sentiment d'être le vilain petit canard de la famille, notamment si la dynamique familiale est traditionnelle. Cependant, s'ils l'acceptent tel qu'il est, ses proches profitent du meilleur qu'il ait à offrir : loyauté, générosité, soutien total et bienveillance.

CARRIÈRE, ARGENT, CONSCIENCE DE SOI

Comme pour ses relations, la liberté est un élément important dans la carrière du Verseau. Ce signe, excentrique par nature, brillera dans tout domaine où l'anticonformisme est un atout. Ses dons de visionnaire l'amènent dans des métiers de pointe – les technologies ou l'art, par exemple. Son humanisme peut aussi l'amener à embrasser les causes sociales et à travailler sans relâche pour promouvoir justice et équité. Il est souvent attiré par les métiers caritatifs – hors structure avec des horaires de bureau –, les organismes communautaires et la politique : partout où il pourra sentir que ses efforts ont un réel impact. Le Verseau a de grands idéaux, mais son pragmatisme lui permet de mettre tout en œuvre pour qu'ils se concrétisent.

ARGENT

Même si c'est un rebelle dans l'âme et qu'il se fiche des conventions, le Verseau sait que l'argent est souvent la clef de la liberté. C'est donc un bon épargnant et un investisseur créatif. Ce n'est pas parce que l'argent est quelque chose de traditionnel que sa façon d'en gagner, d'en placer ou d'en mettre de côté doit l'être. S'il sait gérer ses finances, il sait aussi comment dépenser, notamment si cela satisfait sa soif d'expérience et de connaissance. Cet humaniste économise également pour pouvoir faire des dons à des organismes qui se battent pour la justice et un meilleur avenir pour tous.

POINTS FAIBLES ET CONSCIENCE DE SOI

Rébellion : parfois, le besoin qu'éprouve le Verseau d'être différent se transforme en rébellion par pur principe. Il doit donc examiner de près ses motivations. C'est une chose de prendre la vie à contre-pied parce que l'on a sincèrement foi dans le chemin que l'on emprunte ; cela en est une autre d'avoir une opinion simplement parce qu'elle n'est pas populaire. Comme sa tendance naturelle est d'aller à contre-courant, il pourrait lui être utile d'en examiner les raisons.

Entêtement : la modalité fixe des natifs du Verseau peut également être source de difficultés. Ils choisiront en effet toujours de marcher hors des sentiers battus, mais, même si leur chemin est clairement sans issue, leur entêtement ne les laissera pas dévier de leur choix initial. Bien que les Verseaux se croient plutôt ouverts d'esprit, il leur faut souvent aussi évaluer leurs propres actions et comportements du même œil.

Compassion pour l'individu : profondément humaniste, le Verseau se focalise sur le collectif, mais pourrait bien ignorer les besoins individuels de ses proches. Son esprit se fixe en effet de tels objectifs pour changer le monde que, pour lui, les difficultés quotidiennes qu'ils traversent sont dérisoires et insignifiantes. Cependant, afin de véritablement vivre son amour pour l'humanité, il lui faut aussi éprouver de l'empathie à plus petite échelle – et garder cela à l'esprit pour ses relations interpersonnelles.

CRISTAUX

POUR RENFORCER L'ÉNERGIE DU VERSEAU : LABRADORITE

La labradorite représente quelques-uns des traits les plus charmants du Verseau. Cette pierre contient en effet un éclat d'iridescence évocatrice de son indépendance farouche. Elle fait naître le renouveau dans la vie de tous les jours et peut vous inspirer et vous aider à relier le monde physique au monde spirituel.

Comment l'utiliser : placez un morceau de labradorite sur votre table de nuit pour que votre curiosité s'éveille le lendemain matin et que vos visions supérieures soient soutenues pendant votre sommeil.

POUR ÉQUILIBRER L'ÉNERGIE DU VERSEAU : APOPHYLLITE

L'apophyllite est le cristal de la conscience de soi. Elle pourra donc aider l'obstiné Verseau à comprendre ce qui se cache derrière ses actions. Elle permet également de comprendre l'interconnectivité de l'humanité, aidant ce signe à intégrer l'individuel dans sa vision d'un monde meilleur.

Comment l'utiliser : méditez avec un morceau d'apophyllite dans vos mains jointes, en accueillant ses pouvoirs d'illumination et en absorbant l'énergie d'alignement qu'elle dégage.

HUILES ESSENTIELLES

POUR RENFORCER L'ÉNERGIE DU VERSEAU : POIVRE NOIR

Ses notes épicées n'en font qu'à leur guise, à l'instar du Verseau. Le poivre noir peut doper votre cerveau – parfait pour y faire naître ensuite tous ses idéaux – et favoriser la circulation sanguine, ce qui a pour effet de renforcer l'énergie.

Comment l'utiliser : mélangez une goutte d'huile essentielle de poivre noir à une goutte d'huile d'amande douce puis appliquez sur vos tempes tout en inspirant profondément. *Ne pas utiliser si vous êtes enceinte ou si vous allaitez. Peut irriter les peaux sensibles.*

POUR ÉQUILIBRER L'ÉNERGIE DU VERSEAU : CAMOMILLE ROMAINE

Incroyablement apaisantes, ses douces notes florales et fruitées à la fois accordent un merveilleux répit à toute l'énergie mentale que déploie le Verseau. La camomille romaine permet aussi d'être plus disponible émotionnellement, besoin récurrent pour ce signe.

Comment l'utiliser : diffusez l'huile essentielle de camomille chez vous afin de créer un espace de paix dans lequel accueillir les émotions. *Ne pas utiliser en cas de grossesse.*

♓

POISSONS

Sensible + Intuitif + Empathique

Ce signe mystique est le dernier du zodiaque, celui qui referme le cercle et crée le lien avec l'au-delà. Ultime signe d'eau, les Poissons sont régis par les émotions. Le symbole qui les représente, deux poissons, incarne leur totale immersion : ils vivent dans l'eau, siège des émotions, évoluant parmi les leurs mais aussi celles des autres. Tandis que les autres signes d'eau disposent d'éléments protecteurs – l'épaisse carapace du Cancer et le dard du Scorpion, par exemple –, les Poissons ne sont que pure émotion ; emportés par celle-ci, balayés par celle-là, ils y baignent en permanence et s'en trouvent très exposés. C'est pour cette raison qu'ils éprouvent une grande empathie envers ceux qui les entourent, leur quotidien étant rythmé par la compassion. Les frontières floues qui délimitent leur monde les rendent également profondément intuitifs, connectés aux mécanismes intérieurs de la psyché humaine et capables de comprendre de façon innée ce que traversent les autres.

Les Poissons sont des rêveurs : ils vivent dans un monde de leur fabrication où règne le caractère utopiste de leurs idéaux et résistent souvent à la réalité des choses. Ils sont régis par Neptune, la planète de l'illusion. Cela signifie aussi que les Poissons ont des dons spirituels, qu'ils sont en phase avec l'énergie des autres et de ce monde, et ouverts au mysticisme qui se trouve au-delà.

Leur nature compatissante les rend toujours généreux et altruistes à l'excès. Ils peuvent en outre se montrer très manipulables : sans moyen de protection, ils sont souvent influencés par ceux qui les entourent. Leurs émotions sont extrêmes, dans un sens comme dans l'autre, et ils peuvent connaître des hauts vertigineux et des bas abyssaux.

PASSAGE DU SOLEIL DANS LE SIGNE

19 FÉVRIER-20 MARS

ÉLÉMENT

EAU

SYMBOLE

DES POISSONS

MAISON

DOUZIÈME

PLANÈTE

NEPTUNE

SIGNE OPPOSÉ

VIERGE

MODALITÉ

MUTABLE

POLARITÉ

PASSIVE

AMOUR, AMIS, VIE DE FAMILLE

Leur nature mystique rend les Poissons désespérément romantiques. Ils ont tendance à voir le meilleur chez les autres et sont attirés par leur beauté intérieure plus que par leur apparence. Plus que tout autre signe, ils recherchent une connexion à l'âme. Amants très sensibles et émotifs, ils tombent éperdument et rapidement amoureux, et se laissent facilement emporter par le romanesque. Ils sont doux et généreux, charmants et gentils. Lorsqu'un attachement se forme, il est profond et intense. Toutes les émotions sont à nu : ce signe accorde beaucoup de valeur à l'honnêteté. Il recherche un amour qui lui permettra de grandir, une personne avec laquelle il pourra nouer des liens non seulement physiques et émotionnels, mais aussi spirituels.

Faiblesses : l'empathie illimitée des Poissons peut parfois se retourner contre eux, notamment en amour. Attirés par les personnes profondément blessées, ils leur pardonnent leurs erreurs, ignorent délibérément leur mauvaise conduite et tentent bien trop longtemps de les soutenir afin qu'elles deviennent de bons partenaires. Leur côté altruiste peut aussi les placer dans des relations peu équilibrées, leur nature mutable leur permettant de s'adapter à des circonstances de plus en plus inéquitables. Enfin, leur véritable aversion pour les problèmes concrets du quotidien les pousse à s'en éloigner plutôt que de travailler à les résoudre.

Signes compatibles : les autres signes d'eau, le Cancer et le Scorpion, sont les seuls à vraiment comprendre la profondeur des émotions des Poissons. Le dévouement du Cancer est exactement ce dont ils ont besoin et, grâce à la nature mystique du Scorpion, ils peuvent nouer des liens très étroits.

Signes inharmonieux : séduits par l'humanisme des Verseaux, les Poissons trouveront leur détachement émotionnel pratiquement impossible à surmonter. Les Balances aiment le côté romantique des Poissons, mais se lasseront de l'intense soutien psychique qu'ils désirent.

AMIS ET FAMILLE

Tout comme en amour, les Poissons vous verront et vous aimeront pour ce que vous êtes vraiment. Plutôt introvertis, ils nouent toutefois des liens étroits avec les personnes de leur cercle proche. Les amis natifs de ce signe sont généreux et disponibles, toujours là pour vous dans vos moments difficiles, ils feront preuve d'empathie. Leurs qualités d'écoute sont exceptionnelles et ils n'ont pas peur d'affronter les émotions, ce qui favorise des relations proches, de confiance. Dans la famille, les Poissons endossent souvent le rôle de pilier émotionnel. Ils répondront présent lorsque vous aurez besoin d'eux et sentiront intuitivement que vous vivez un moment difficile, avant même que vous n'ayez à le leur dire.

CARRIÈRE, ARGENT, CONSCIENCE DE SOI

Grands rêveurs, les natifs de ce signe d'eau s'épanouissent dans les arts créatifs, où ils peuvent laisser libre cours à leurs méditations et où leur connexion à leurs émotions profondes est un atout. Grâce à leur intuition, certains sont très doués pour tirer les tarots ou effectuer un travail énergétique. Leur grande intelligence émotionnelle, leur perspicacité et leur immense compassion peuvent également les mener vers des secteurs tels que la psychologie ou le social, au risque toutefois de se laisser submerger par le flot constant des émotions des autres. Ils s'adaptent à n'importe quel environnement, même si leur caractère introverti se prête aux professions solitaires. Pour préserver la paix, ils peinent parfois à s'affirmer par peur de la confrontation.

ARGENT

L'argent n'a que peu de valeur aux yeux des Poissons, qui attachent bien plus d'importance à leur bien-être au travail. Ajoutez à cela leur nature rêveuse, qui a tendance à faire passer au second plan les détails tels que le budget, les factures et l'épargne, et voilà que l'argent et tout ce qui s'y rapporte peuvent devenir un domaine difficile. Mais, si les Poissons envisagent l'argent comme un outil nécessaire pour vivre exactement la vie qu'ils souhaitent mener, le gagner et le gérer suscitent davantage leur intérêt, tout particulièrement parce que leur compassion les conduit à contracter beaucoup d'emprunts, à régler des factures et à faire des dons généreux aux associations caritatives, parfois au détriment de leur propre sécurité financière.

POINTS FAIBLES ET CONSCIENCE DE SOI

Déséquilibre dans les relations : les Poissons ne possèdent pas de limites émotionnelles, ce qui peut conduire leurs amours et leurs amitiés à être, au mieux, inéquitables ; au pire, toxiques. Et, comme ce signe a tendance à privilégier l'imaginaire à la réalité, il peut rester bien trop longtemps dans ces relations dangereuses, y perdant son âme au passage.

Don de soi : la nature altruiste des Poissons peut également créer certains problèmes. Bien que leur compassion soit l'une de leurs plus grandes forces, elle peut aussi les mettre dans des situations périlleuses. Il est en effet facile de profiter d'eux, si sensibles. Apprendre à poser des limites et à s'apprécier est au cœur des difficultés qu'ils rencontrent.

Sensibilité : trouver un exutoire sain et positif à leurs grandes émotions est de la plus grande importance pour eux. Il peut s'agir de canaliser leur sensibilité grâce à l'art, d'être dans une relation mutuellement aimante, ou de trouver un travail à la hauteur de leur désir de changer le monde. Ils pourront ainsi s'épanouir dans leur vie intérieure, où les émotions sont si profondes, plutôt que de devenir victimes d'un cycle autodestructeur.

CRISTAUX

POUR RENFORCER L'ÉNERGIE DES POISSONS : QUARTZ ESPRIT

Le quartz esprit vibre à un niveau supérieur, c'est un canal vers le monde invisible que les Poissons affectionnent tant. Les nombreuses pointes de cette pierre chatoyante décuplent ses pouvoirs pour renforcer la conscience supérieure, créer l'harmonie et accroître la compassion, attributs parmi les plus importants des Poissons.

Comment l'utiliser : placez un morceau de quartz esprit sur votre autel pour vous aider à vous connecter à votre spiritualité et créer un espace sain pour les émotions profondes.

POUR ÉQUILIBRER L'ÉNERGIE DES POISSONS : SERPENTINE

Lorsque les Poissons ont le sentiment que leurs émotions se déchaînent, la serpentine est la pierre qui peut leur faire retrouver l'équilibre. Ses pouvoirs intensément protecteurs sont à la fois physiques et psychiques, et elle possède également un léger effet d'ancrage qui ramènera les Poissons rêveurs sur terre.

Comment l'utiliser : conservez un morceau de serpentine sur votre bureau ou même dans votre poche – à un endroit où le cristal sera proche de vous pendant que vous êtes éveillé, vous aidant à fixer des limites et à reprendre le contrôle sur vos sentiments.

HUILES ESSENTIELLES

POUR RENFORCER L'ÉNERGIE DES POISSONS : MYRRHE

Tout comme l'encens, la myrrhe est associée depuis longtemps au mysticisme et à la spiritualité, faisant ainsi écho à la grande intuitivité des Poissons. Son odeur chaude et capiteuse aidera ce signe en lui apportant le soutien spirituel dont il a besoin.

Comment l'utiliser : créez un spray qui va ouvrir votre troisième œil, en versant quatorze gouttes d'huile essentielle de myrrhe et 30 ml d'eau dans un flacon-spray de voyage. Vaporisez autour de votre tête. *Ne pas utiliser si vous êtes enceinte ou si vous allaitez.*

POUR ÉQUILIBRER L'ÉNERGIE DES POISSONS : CÈDRE

Avec ses notes terreuses et boisées, l'huile essentielle de cèdre aide à ancrer les Poissons tout en soutenant leur mental. Elle est merveilleuse pour soulager les émotions intenses et créer un sentiment de bien-être et de sécurité.

Comment l'utiliser : les Poissons gouvernent nos pieds, donc mélangez dix-huit gouttes d'huile essentielle de cèdre à 50 ml d'huile d'amande douce, puis utilisez cette concoction pour un massage de pieds relaxant. *Ne pas utiliser si vous êtes enceinte ou si vous allaitez.*

PLUTON
Gouverne : le Scorpion
Influences : Pouvoir et Transformation
NEPTUNE
Gouverne : les Poissons
Influences : Imagination et Intuition
URANUS
Gouverne : le Verseau
Influences : Changement et Rébellion
SATURNE
Gouverne : le Capricorne
Influences : Structure et Discipline
JUPITER
Gouverne : le Sagittaire
Influences : Développement et Chance
MARS
Gouverne : le Bélier
Influences : Physicalité et Initiative
LUNE
TERRE
VÉNUS
Gouverne : le Taureau et la Balance
Influences : Amour et Plaisir
MERCURE
Gouverne : les Gémeaux et la Vierge
Influences : Communication et Apprentissage

LES PLANÈTES

Maintenant que nous avons une meilleure appréhension de l'énergie archétypique des signes du zodiaque, nous pouvons aborder les planètes. Ces corps célestes, ainsi que leurs déplacements à travers les signes, ont un très grand impact sur la personne que nous sommes et la façon dont nous interagissons avec le monde. Chaque planète représente un élément de notre personnalité. Ensemble, elles créent notre essence. Nombreux sont ceux qui comparent les signes et les maisons à une scène astrologique : dans ce cas, les planètes peuvent être considérées comme les acteurs. C'est leur position au moment de notre naissance, les différents signes et maisons dans lesquels elles résident et la manière dont elles traversent le ciel de nos vies qui génèrent notre portrait astrologique unique.

LUMINAIRES

Vous ne serez pas surpris d'apprendre que les corps célestes les plus brillants dans notre ciel, le Soleil et la Lune, entrent dans la catégorie des luminaires. Oubliez l'astronome qui est en vous : en astrologie, le Soleil et la Lune sont considérés comme des « planètes ». Ce sont eux qui jouent le rôle le plus important dans notre thème astral (pour plus de détails sur leurs influences particulières, voir pages 96-97).

PLANÈTES INTÉRIEURES

Les planètes sont organisées selon trois catégories, en fonction de leur distance par rapport au Soleil. Les premières sont les planètes intérieures : Mercure, Vénus et Mars. On les appelle également les « planètes personnelles », car elles nous affectent de la manière la plus intime et représentent nos caractéristiques intrinsèques. De plus, ce sont elles qui traversent les signes le plus rapidement. On considère que le Soleil et la Lune font partie des planètes intérieures.

PLANÈTES SOCIALES

Les planètes suivantes qui gravitent autour du Soleil sont Jupiter et Saturne, aussi connues sous le nom de « planètes sociales ». Contrairement aux planètes intérieures, qui représentent les principales caractéristiques de notre personnalité, les planètes sociales symbolisent notre rapport au monde.

PLANÈTES EXTÉRIEURES

Au-delà se trouvent les planètes extérieures : Uranus, Neptune et Pluton. Ce sont les plus éloignées du Soleil et elles possèdent donc les vitesses de rotation les plus lentes. Elles ont donc une influence moindre sur nous de manière individuelle – bien que leur placement reste unique dans notre propre thème astral –, mais plus importante sur le collectif, contribuant à définir une génération ou une période.

☉

LE SOLEIL

Identité + Finalité + Créativité

Gouverne : le Lion

Temps de transit : un mois

Cela ne vous surprendra pas d'apprendre que cette boule de feu ardent gouverne l'ego. Elle brûle d'une énergie masculine – ou active – suffisamment puissante pour tout attirer en son orbite.

LA PLANÈTE

Bien qu'en astrologie le Soleil soit considéré comme une planète, en réalité, c'est une étoile, un brasier géant de 4,5 milliards d'années, constitué de gaz incandescents, qui brûle intensément au cœur de notre Système solaire. C'est aussi le corps céleste le plus vaste de notre Système, sa gravité étant telle qu'elle attire tout dans son orbite. En son noyau, il fait plus de 15 millions de degrés Celsius et c'est à son existence que nous devons la vie sur Terre.

SA SIGNIFICATION

En mythologie romaine, le Soleil est personnifié par le dieu Sol, dont l'énergie masculine a inspiré tout un culte adorateur. Il a une place aussi importante en astrologie. Le Soleil représente notre personnalité fondamentale. C'est le corps céleste puissant et irrésistible autour duquel les autres planètes gravitent et qui jette les bases de notre personnalité telle que nous la connaissons.
Dans notre ciel, c'est le Soleil qui brille avec le plus d'éclat, qui donne à notre planète la vie, qui illumine notre quotidien. C'est également le cas en astrologie. Le Soleil est le cœur de notre être. Il incarne notre but, notre motivation, ce qui fait de nous qui nous sommes vraiment. De tous les astres, il est celui dont l'influence est la plus grande sur notre personne – ce que nous sommes destinés à faire et à comprendre pendant notre passage sur Terre. Il brille d'une force brûlante et impacte la façon dont, à notre tour, nous rayonnons sur les autres et sur le monde. Il représente aussi notre créativité et notre vitalité. Il est notre voyage, éclairant la voie qui mène à la réalisation de l'expression de soi sous sa forme la plus pure.

☾

LA LUNE

Émotion + Intuition + Soin de Soi

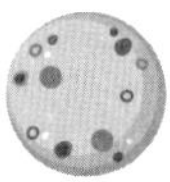

Gouverne : le Cancer

Temps de transit : 2-3 jours

La Lune est le yin du yang intense du Soleil. Elle règne sur la nuit de sa douce lueur, nous inondant d'une énergie féminine – ou passive – et régissant notre moi intérieur.

LA PLANÈTE

Il suffit de lever la tête lorsque le Soleil s'est couché et, souvent, la Lune est la première chose que vous verrez. C'est parce qu'il s'agit du corps céleste le plus grand et le plus lumineux dans notre ciel nocturne. C'est le seul qui tourne autour de la Terre et c'est en partie grâce à sa force de gravité que nous pouvons y vivre. La Lune stabilise la Terre, aide à préserver notre climat, c'est la force qui se cache derrière les marées de l'océan, qui donnent à la planète et à l'humanité son rythme de vie. Contrairement au Soleil, elle ne brille pas mais reflète plutôt la lumière du Soleil. C'est la raison pour laquelle nous avons les huit phases de la Lune, de la nouvelle lune – quand le Soleil illumine sa face cachée, ce qui la rend invisible depuis la Terre – jusqu'à la pleine lune, avant que le cycle ne se répète.

SA SIGNIFICATION

En mythologie romaine, la Lune est représentée par la déesse Luna, présence féminine venant compléter celle de Sol, qui incarne le Soleil masculin. En astrologie, la Lune symbolise nos traits les plus féminins. C'est un sentiment pur, une présence douce fondamentale. C'est la planète qui nous donne nos vies intérieures, notre profondeur émotionnelle. Elle est vulnérable, privée et totalement intuitive.

Si le Soleil éclaire brillamment notre chemin de vie, la Lune reflète, quant à elle, notre moi naturel, une connaissance profonde de qui nous sommes réellement.

Le Soleil est action, la Lune n'est qu'instinct. Ce n'est pas une coïncidence si ce corps astral reflète la lumière du Soleil. La Lune est le pouvoir derrière nos émotions, elle en contrôle les flots mêmes, des vagues les plus agitées au calme plat.

Elle gouverne notre propre capacité à réfléchir et nous aide à faire appel à notre intuition, à la connaissance de notre subconscient. Figure matriarcale du zodiaque, elle nous inonde de son énergie maternelle et régit la façon dont nous prenons soin de nous-mêmes et des autres, ainsi que notre sentiment d'être aimés.

☿

MERCURE

Communication + Apprentissage + Intellect

Gouverne : les Gémeaux et le Cancer

Temps de transit : 3-4 semaines

En tant que planète la plus proche du Soleil, Mercure est la messagère – et elle a beaucoup de choses à nous dire.

LA PLANÈTE

Mercure est la première planète de notre Système solaire et également l'une des plus petites. Son placement dans l'Univers est tel que, lorsqu'elle se trouve dans votre thème astral, Mercure résidera toujours soit dans votre signe solaire, soit dans le signe qui le précède. Comme elle est la plus proche du Soleil, elle est la plus rapide à en faire le tour : son influence sur nos vies est donc furtive et temporaire.

SA SIGNIFICATION

Dans la mythologie ancienne, Mercure, avec ses pieds ailés, était le messager des dieux : jeune, beau et incroyablement rapide. C'est de lui que la planète, qui gouverne notre capacité à communiquer, tient son nom. Mercure, tel un observateur rationnel, relève l'information dans ses moindres détails et la répand. En outre, elle régit la façon dont nous percevons le monde et dont nous sommes perçus. En tant que planète messagère, elle détermine notre prise d'informations – ce que nous voyons, ce que nous entendons, mais également la manière dont nous comprenons et traitons ces données. Pour que la boucle soit bouclée, elle règne aussi sur notre manière de nous exprimer.

CE QU'ELLE NOUS DIT

La position de Mercure dans votre thème astral peut être révélatrice de beaucoup de choses importantes, notamment de votre style de communication. Parlez-vous fort et avec détermination, ou tout bas en doutant de vous ? Êtes-vous un conteur-né ? Préférez-vous vous adresser à une foule ou discuter en tête à tête ? Elle peut refléter votre façon d'apprendre et même les sujets qui vous attirent. Sa position influence tout votre processus de pensée, depuis la réception de l'information jusqu'à l'assimilation des connaissances, en passant par l'expression de vos idées et de vos opinions.

MERCURE DANS LES SIGNES

Bélier : ceux qui ont Mercure en Bélier ont les pensées limpides et parlent avec franchise, disant exactement ce qu'ils pensent, souvent avec intelligence et sans mâcher leurs mots. Leur voix est originale et leur personnalité, sincère. Il est possible que vous soyez prompt à juger, mais ce n'est pas un problème, puisque votre instinct est souvent le bon. Il vous arrive de vous montrer impatient et parfois querelleur.

Taureau : Mercure en Taureau reflète une personne qui réfléchit lentement et calmement, qui aborde l'apprentissage et la prise de décision avec une application méthodique. Incroyablement pragmatique, elle tient un discours clair, mais peut se montrer bien moins habile pour écouter. Il lui arrive également d'être intellectuellement têtue ; une fois qu'elle s'est fait une opinion, elle en change rarement.

Gémeaux : Mercure en Gémeaux crée un être à la pensée vive, qui s'intéresse à un vaste éventail de sujets et change facilement d'opinion. À la conversation engageante, il est plus que ravi de partager toutes les anecdotes amusantes et les petites infos que son esprit curieux a retenues, telle une éponge.

Cancer : Mercure en Cancer favorise la communication sensible et intuitive. La contribution émotionnelle des Mercure-Cancers est incroyablement en phase avec leur public et ils peuvent en répondant créer un véritable lien. Ils sont plus intéressés par les émotions que par les faits et ont tendance à développer leur avis sur le monde par le biais d'histoires et d'expériences personnelles.

Lion : les Lions mercuriens sont confiants, charismatiques et assurés dans leur discours. Ils excellent à l'art de la persuasion, souvent parce qu'ils sont vraiment enthousiastes et naturellement idéalistes – deux traits auxquels il est difficile de résister. Ils peuvent aussi posséder des talents pour la scène, ainsi qu'un penchant naturel pour le leadership.

Vierge : Mercure en Vierge donne des personnes qui réfléchissent de manière extrêmement analytique. Les faits et la logique règnent sur ces esprits où il n'y a probablement pas de place pour les émotions. Ils vont regarder toutes les facettes de chaque situation avant d'arriver avec opiniâtreté à la conclusion la plus rationnelle. Très intelligents, ils s'expriment bien et ont une prédilection pour les langues. Faites simplement attention au prix que peut avoir le perfectionnisme !

Balance : Mercure en Balance est en recherche d'équilibre entre le pratique et le créatif. Il consacrera tout son temps à passer en revue les deux versions de l'histoire, et aura malgré tout des difficultés à émettre une opinion tranchée. Charmant et plein de tact lorsqu'il s'exprime, il est guidé par son désir inné de diplomatie.

Scorpion : ceux qui ont Mercure en Scorpion sont de vrais détectives. Ils sont prêts à mener l'enquête pour découvrir tous les secrets dans leur quête, pour comprendre et apprendre. Ils animent la discussion avec passion et adorent les conversations intimes et profondes. Ils possèdent aussi une intelligence émotionnelle qui leur permet d'être en phase avec les motivations et les désirs des autres.

Sagittaire : de Mercure en Sagittaire naît un esprit profondément curieux qui se lance dans une quête éternelle de connaissance. Enthousiaste et honnête quand il parle, son absence de filtre peut tout de même parfois le rendre brusque. Comme il est vif et ouvert d'esprit, il est facile de converser avec cet être qui accorde la plus grande importance à la liberté d'expression.

Capricorne : Mercure en Capricorne donne lieu à des personnalités qui raisonnent de façon très pratique et sont motivées par le processus, la méthode et leur nature calculatrice. Quelqu'un doté de ce genre d'énergie prendra les choses avec lenteur, traitant l'information de manière opiniâtre à son propre rythme, gardant chaque détail dans son impressionnante mémoire, sans pour autant sacrifier sa vision d'ensemble.

Verseau : le positionnement de Mercure en Verseau engendre un esprit créatif et novateur, qui observe et apprend avec une intelligence particulièrement vive, tout en se tenant à bonne distance des émotions. En quête de vérité, il aime réfléchir à de grandes idées et philosophies afin de propulser l'humanité vers l'avenir.

Poissons : poussés par l'intuition, les Mercure-Poissons avancent à tâtons dans le monde plutôt que par un mode de pensée rationnel et linéaire. Leur esprit rêveur déborde d'imagination, mais n'est pas très doué pour prêter attention aux détails. Ils s'expriment avec une profonde empathie et écoutent avec encore plus d'attention.

♀

VÉNUS

Amour + Plaisir + Beauté

Gouverne : le Taureau et la Balance

Temps de transit : 4-5 semaines

Vénus est la seule planète à porter le nom d'une déesse, ses traits sont donc empreints d'énergie féminine.

LA PLANÈTE

Vénus est notre plus proche voisine dans le Système solaire, c'est la deuxième planète par ordre d'éloignement du Soleil. Elle est souvent décrite comme la jumelle de la Terre, même si leurs différences sont immenses. C'est aussi l'un des corps célestes les plus lumineux après la Lune, avec qui elle partage ses vibrations profondément féminines. Vénus connaît des phases similaires à celles de la Lune, mais, au lieu de les traverser en un mois, elle a besoin de 584 jours.

SA SIGNIFICATION

Vénus doit son nom à la déesse romaine de l'Amour et de la Beauté. Sans surprise, cette planète régit la façon dont nous appréhendons l'amour, le plaisir, l'affection et les relations. Elle règne également sur l'esthétisme et la créativité, ainsi que sur les biens matériels et financiers. Il se passe beaucoup de choses avec cette agréable planète, toutes merveilleuses. Vénus gouverne qui nous aimons, mais aussi ce que nous aimons et de quelle façon, de l'idylle et de l'attraction jusqu'au plaisir et à la sensualité, en passant par le couple et la sociabilité. Tout cela se trouve ancré dans nos valeurs. C'est une planète attirante, faite d'émotions puissantes et de désirs terrestres – raison pour laquelle les êtres humains en sont amoureux depuis de si nombreux siècles.

CE QU'ELLE NOUS DIT

La position de Vénus dans notre thème astral nous éclaire sur beaucoup de zones nuancées, mais principalement sur l'amour. Qui trouvez-vous séduisant et qui attirez-vous ? Qu'est-ce qui stimule vos centres du plaisir et fait battre votre cœur ? Quels rôles les histoires d'amour et l'affection jouent-elles dans votre vie ? Cependant, Vénus peut aussi nous dire comment nous aimons en dehors de nos relations amoureuses : amitié, famille et même partenariats professionnels entrent dans son escarcelle. Le placement de Vénus gouverne nos inclinations artistiques et la façon dont nous recherchons et apprécions toute la beauté que le monde a à offrir.

VÉNUS DANS LES SIGNES

Bélier : une personne avec Vénus en Bélier sera probablement plus encline à faire le premier pas. Votre cœur est impulsif et vous êtes confiant dans vos désirs. Vos histoires d'amour sont passionnées et dévorantes, mais ne durent pas forcément. Faites bien attention à aller au-delà du frisson que procure le jeu de séduction initial pour trouver une vraie relation sérieuse.

Taureau : Vénus en Taureau apporte la stabilité dans les relations. Profondément sensuel et romantique, vous tomberez sûrement éperdument amoureux, mais cela prendra du temps. Votre cœur est prudent et évalue les partenaires potentiels aussi longtemps qu'il le faut avant de s'engager. Cependant, une fois que c'est le cas, vous formez des liens étroits, affectueux et passionnés d'un point de vue charnel.

Gémeaux : les Vénus-Gémeaux ont de fortes chances d'être séduits par une personne intelligente et à l'esprit vif. Une connexion mentale va être l'élément déclencheur, non seulement d'une idylle, mais aussi d'une amitié. Vous préférerez souvent des rapports faciles et simples à ceux qui sont profondément intimes et émotionnels, et devez préserver votre liberté pour qu'une relation puisse s'épanouir.

Cancer : Vénus en Cancer crée des amis et des amants tendres. Du fait de votre sensibilité et de votre romantisme, votre plus grand défi en amour est votre sens de l'insécurité, que rien ne peut ébranler. À la moindre menace sur votre sécurité affective, vous battez en retraite et sortez vos pinces de Cancer grincheux. Toutefois, lorsque vous êtes rassuré, la loyauté, l'affection et les liens émotionnels étroits peuvent se développer.

Lion : ceux qui possèdent Vénus en Lion dans leur thème astral sont dotés d'un charme facile et magnétique. Vous avez probablement beaucoup d'amis, et les prétendants ne manquent pas : il est difficile de résister à votre nature chaleureuse et affectueuse. Vous avez de la chance, puisque l'attention est exactement ce que vous recherchez. Dans vos relations, vous exigez qu'on affiche son dévouement et avez tendance à vous considérer comme maître en la matière.

Vierge : pour les Vénus-Vierges, le langage de l'amour est la loyauté. Cependant, ils ne l'accordent pas facilement, préférant se montrer prudents en matière d'histoires de cœur. Mais, une fois qu'ils sont en couple ou qu'ils ont développé une amitié, ils rendent service, apportent leur soutien, leur affection et tout ce qui peut aider. Il faut simplement qu'ils fassent bien attention à ne pas toujours chercher la petite bête !

Balance : Vénus en Balance initie un véritable festival amoureux. Plus que toute autre, ces personnes sont amoureuses de l'amour. Romantiques et idéalistes, elles sont facilement séduites – souvent même par plusieurs personnes à la fois ! Néanmoins, grâce à leur charme et à leur charisme, les autres sont tout aussi facilement conquis. Chez ces êtres extrêmement sociables, les relations inspirantes de toutes sortes viennent naturellement.

Scorpion : Vénus en Scorpion enflamme véritablement les idylles et favorise un amour intense et riche en émotions qui peut vous consumer si vous n'y faites pas attention. Une relation doit s'établir sur des fondations solides reposant sur la confiance – à la moindre menace perçue, la jalousie peut naître et faire sortir le dard protecteur du Scorpion.

Sagittaire : aux yeux des Vénus-Scorpions, l'amour est souvent synonyme d'aventure. L'énergie de l'archer du zodiaque à l'esprit libre vous pousse souvent en quête de votre prochaine cible, que vous imaginez encore meilleure. Au début de la relation, les étincelles volent et le romantisme triomphe, mais, si vous n'avez pas le désir de vous engager, les sentiments s'étiolent et vous passez à une autre histoire.

Capricorne : en amour, vous n'êtes que prudence si vous avez Vénus en Capricorne. Vous êtes attiré typiquement par les relations classiques, et c'est naturellement que vous vous engagez, vous qui êtes pratique par nature. Bien que le pragmatisme puisse souvent prendre le pas sur vos émotions, vous êtes un partenaire loyal, honnête et sensuel.

Verseau : Vénus en Verseau engendre des amants véritablement surprenants. L'énergie du Verseau n'apprécie pas d'être enfermée, et les Vénus-Verseaux n'accepteront pas d'être captifs des attentes traditionnelles ou de critères relationnels. Ils chérissent avant tout leur liberté et ont besoin d'un partenaire capable de s'y adapter. Leur gentillesse et leur charisme attirent beaucoup d'amis et d'amours dans leur orbite, même s'ils ont parfois pour habitude de transformer une idylle en amitié.

Poissons : quand Vénus est en Poissons, l'amour est un royaume où les liens sont tendres, enrichissants et bienveillants. Les émotions sont grandes, mais le sacrifice personnel l'est tout autant. Les personnes avec Vénus en Poissons peuvent se perdre dans une relation amoureuse, ou finir par trop donner à un partenaire qui ne rend pas la pareille. Elles naviguent sur les méandres des émotions et peuvent perdre pied en amour aussi rapidement qu'elles avaient été séduites au départ.

♂

MARS

Force + Initiative + Sexualité

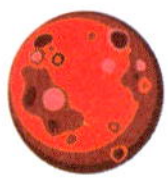

Gouverne : le Bélier

Temps de transit : 6-7 semaines

En termes de planètes, Mars est synonyme d'action. Ses attributs masculins gouvernent notre flux énergétique.

LA PLANÈTE

Mars est certes petite (la moitié de notre planète et la deuxième plus petite planète de notre Système solaire), mais elle n'en est pas moins intense. La surface rocheuse de la quatrième planète par ordre croissant de la distance au Soleil renferme beaucoup d'oxyde de fer, répandu dans l'atmosphère par de fortes tempêtes de sable, qui lui donne sa couleur rouille. Elle possède aussi des volcans géants, ce qui est approprié quand on connaît la nature explosive de Mars.

SA SIGNIFICATION

La planète tient son nom du dieu romain de la Guerre, réputé pour son esprit irréductible sur le champ de bataille, sa volonté de lancer le combat et ses réserves apparemment infinies de courage et d'agressivité. Le domaine d'action de la planète reflète donc tout cela. Mars domine nos instincts les plus sauvages – l'énergie physique, la passion, la colère, le sexe. Elle dicte sa conduite à notre propre « esprit guerrier », notre compétitivité et la façon dont le courage se manifeste dans notre vie. Notre confiance, notre motivation et notre énergie globale tombent toutes sous la juridiction de Mars. Si Vénus régit le romantisme, le plaisir et la sensualité, le champ d'action de Mars existe purement dans le corps, car il influence l'instinct primaire du désir physique et de l'attirance.

CE QU'ELLE NOUS DIT

Le positionnement de Mars dans notre thème de naissance peut éclairer nos comportements et nous révéler des choses sur notre rapport à la volonté, la compétition, la motivation et bien plus encore. Avez-vous un tempérament imprévisible, impulsif ? Dans quelle sphère de votre vie se situent vos passions ? Quand vous voulez quelque chose, quels efforts faites-vous pour l'obtenir et l'obtenez-vous rapidement ? Mars peut nous en dire davantage sur la façon dont nous ressentons l'énergie dans notre corps et la manière dont notre force physique se manifeste.

MARS DANS LES SIGNES

Bélier : Mars en Bélier est synonyme d'affirmation. Les gens qui ont un tel positionnement savent ce qu'ils veulent et n'éprouvent aucun scrupule à s'élancer à sa poursuite, qu'il s'agisse d'une promotion au travail ou de quelqu'un qui leur plaît. Avec leur grande énergie et leur franchise, ils peuvent donner l'impression d'être des forces de la nature, même si la puissance de cette association Mars-Bélier peut aussi les rendre impulsifs et autoritaires.

Taureau : la persévérance vient naturellement à ceux qui ont Mars en Taureau. Tenaces et déterminés, ils progressent lentement mais sûrement en vue d'obtenir tout ce qu'ils désirent. Ce sont aussi des êtres souvent très sexuels, qui tirent un profond plaisir de la connexion physique. Ce taureau céleste doit simplement surveiller sa tendance à l'obstination et faire attention aux accès de colère qui peuvent lentement s'envenimer avant d'exploser.

Gémeaux : l'énergie des Mars-Gémeaux se situe au niveau du mental : ils sont intelligents, vifs d'esprit et adeptes des joutes intellectuelles. Si vous voulez être invité dans leur lit, il vous faudra d'abord titiller leur esprit. Cependant, l'énergie fébrile des Gémeaux peut éparpiller leur motivation et, à force de trop penser, ils risquent de voir leurs passages à l'action freinés.

Cancer : lorsque cette planète de feu est en Cancer, la force est moins apparente et le chemin qui mène au succès, moins direct. La détermination des Mars-Cancers est souvent alimentée par l'émotion et ils peuvent obtenir ce qu'ils recherchent en se montrant réceptifs aux besoins des autres. Leurs penchants sexuels sont eux aussi animés par l'émotion, et c'est grâce à l'appréciation et à l'engagement de leur partenaire qu'ils s'épanouissent.

Lion : Mars en Lion signifie de grands projets et des actions encore plus formidables. Ceux qui bénéficient de ce positionnement profitent d'un dynamisme qui les aide dans leur rôle de meneur et rend les autres heureux de les suivre. Ils respirent la passion, dans la vie comme dans leur lit. Cependant il leur faut l'entière attention – voire de préférence l'adoration – d'un amant, qu'ils rendent volontiers avec espièglerie et affection.

Vierge : les Mars-Vierges abordent les choses de manière directe et détaillée. Ils sont également très motivés, même si cela n'est pas apparent. La passion existe bel et bien, mais elle est plus régie par la praticité que par les émotions enflammées. La sexualité affleure aussi à la surface, mais seul un partenaire digne de confiance pourra voir l'expression la plus totale de leur désir.

Balance : lorsque Mars est en Balance, son énergie d'action est entravée par la tendance de cette balance céleste à considérer tous les aspects d'un problème, ce qui peut la conduire à être paralysée par l'indécision. De plus, l'aversion des Balances pour la confrontation atténue l'énergie agressive de Mars. Le désir des Mars-Balances est attisé par la beauté physique, mais ils sont rarement à l'initiative du premier pas, préférant le rôle du courtisé.

Scorpion : les Mars-Scorpions ont une intensité qui génère une détermination sans égale. Ils définissent un but, vers lequel ils travaillent de manière opiniâtre, à la force de leur ingéniosité et de leur pure volonté. Leur sexualité, très riche, fait souvent naître chez eux de fortes émotions comme la jalousie et la possessivité.

Sagittaire : quand Mars est en Sagittaire, son énergie peut se manifester par une audacieuse quête d'aventure. Parfois, le besoin insatiable de stimulation des Mars-Sagittaires peut devenir dangereux. S'ils sont enthousiastes dans leurs actions, leur productivité peut être freinée par la quantité de choses qu'ils souhaitent faire. Il en va de même pour leur vie sexuelle : ils sont passionnés et ouverts d'esprit, mais peuvent se montrer réticents quand il s'agit de s'engager.

Capricorne : Mars en Capricorne génère une force d'accomplissement indépendante et incroyablement déterminée. Les Mars-Capricornes se frayent un chemin et travaillent sans relâche pour l'accomplir, surmontant les obstacles par la seule force de leur obstination. Leur motivation, cependant, est quelque peu détachée de leurs émotions et ce self-control peut également restreindre leur forte sexualité.

Verseau : l'énergie de Mars en Verseau se révèle intellectuellement : les personnes avec cette configuration réagiront principalement face à des idées non traditionnelles et novatrices qui les séduisent mentalement. Leur champ de bataille est psychologique et elles se battront pour défendre ce qui leur semble juste. N'essayez pas non plus de les enfermer sur le plan sexuel : leur liberté est cruciale en ce domaine.

Poissons : avec Mars en Poissons, l'énergie est d'ordre émotionnel. Ceux qui ont un tel positionnement sont souvent d'une nature rêveuse qui les fait se dérober face à la confrontation, mais possèdent un grand sens de l'empathie qui les aidera à se battre pour tous ceux qui en ont besoin. La sexualité et les sentiments sont une seule et même chose à leurs yeux – au lit, ils se révèlent passionnés, intimes et cherchent une connexion émotionnelle profonde.

♃

JUPITER

Développement + Chance + Opportunité

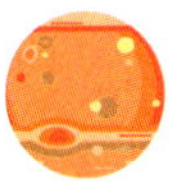

Gouverne : le Sagittaire

Temps de transit : 12-13 mois

En nous faisant passer des planètes intérieures aux planètes sociales, Jupiter offre une vision large des choses, et nous octroie à tous une somptueuse abondance.

LA PLANÈTE

Jupiter est la plus grande planète de notre Système solaire – elle fait trois cents fois la taille de la Terre. Qu'elle représente l'expansion en astrologie est donc approprié. Cinquième planète par ordre d'éloignement du Soleil, près d'un an lui est nécessaire pour achever son transit. Cependant, sa vitesse de rotation est incroyablement rapide : une journée sur Jupiter dure moins de dix heures. Cette vitesse provoque un renflement autour de son équateur ; si elle portait une ceinture, elle serait obligée de la desserrer, élément supplémentaire qui souligne son énergie d'abondance.

SA SIGNIFICATION

Jupiter doit son nom au dieu romain des dieux, bienfaisant et tout-puissant. Il symbolisait la sagesse, l'honneur et la foi, régnant sur les cieux en maître bienveillant. En astrologie, Jupiter gouverne notre développement mental, spirituel et philosophique. Elle influence notre attirance pour les concepts d'ensemble, la façon dont nous faisons grandir notre cœur, notre esprit et notre conscience supérieure. Jupiter est aussi une planète de chance et de joie intense, qui offre donc un optimisme infini. Elle régit également notre expansion financière ainsi que notre degré de sociabilité et de succès.

CE QU'ELLE NOUS DIT

La position de Jupiter dans notre thème de naissance régit les grandes questions existentielles. Elle peut éclairer notre rapport à la religion et à nos croyances, ou révéler les aspects de notre vie dans lesquels il sera ou non facile de rencontrer le succès. Qu'est-ce qui donne un sens à votre vie ? Comment trouvez-vous la prospérité et le succès ? Vous sentez-vous « chanceux » ? Et quelle forme cela prend-il pour vous ? Jupiter représente aussi l'expansion géographique, en régissant les voyages longue distance ainsi que notre désir de développer notre conscience culturelle.

JUPITER DANS LES SIGNES

Bélier : Jupiter en Bélier produit des leaders-nés. Visionnaires, ils ont de grandes idées ; grâce à leur confiance et à leur enthousiasme, les Béliers jupitériens peuvent motiver les autres afin de les aider à atteindre leurs buts. Dès l'instant où ils peuvent être leur propre patron, la prospérité leur tend les bras. Ceux qui ont Jupiter dans cette position cherchent constamment à s'améliorer.

Taureau : Jupiter en Taureau est une association financièrement favorable : à l'abondance de Jupiter s'ajoute la prédilection du Taureau pour le succès financier, ce qui signifie qu'une telle position s'accompagne littéralement de grande fortune ! Ils savent aussi comment faire leur part de travail. Leur vision est plutôt conservatrice, mais ils apprécient la beauté matérielle, qu'ils savent faire venir à eux avec talent.

Gémeaux : lorsque Jupiter traverse ce signe aventurier et sociable, la prospérité naît des voyages et des nombreux amis et connaissances que l'énergie des Gémeaux attire. Le succès peut aussi se trouver dans tous les secteurs liés à la communication : journalisme, médias, monde universitaire et même théâtre. Leur enthousiasme est si grand qu'ils peuvent souvent changer de poste, voire de métier.

Cancer : les Jupiter-Cancers ont généralement de la chance en termes de stabilité financière. Les opportunités proviennent de leurs nombreuses relations, qui apprécient leur nature enjouée. Ils gardent leur argent, font des placements sûrs et trouvent la sécurité en accroissant leur fortune. Ils sont animés d'un profond sens moral, d'un esprit généreux et trouvent un sens à leur vie en s'occupant des autres, en devenant parents et en créant une vie de famille stable et heureuse.

Lion : Jupiter en Lion inspire une confiance en matière de sociabilité : ceux qui ont ce positionnement planétaire sont des leaders charismatiques et se sentent particulièrement à l'aise sous les feux des projecteurs. Ils trouvent le succès dans des domaines qui attirent l'œil du public. Optimistes et enthousiastes, ils ont habituellement des amis haut placés. Ils sont également généreux et partagent volontiers l'abondance qu'ils attirent.

Vierge : quand on a Jupiter en Vierge dans son thème astral, on trouve souvent sa plus grande raison d'être dans le service aux autres. Dotées d'un sens pratique et particulièrement attentives aux détails, ces personnes trouvent le succès lorsqu'elles peuvent se servir de leurs compétences analytiques. L'abondance naît de leur nature travailleuse ; elles se forgent un chemin sûr qui y mène directement.

Balance : les Jupiter en Balance savent vraiment user de leur charme et possèdent un très large cercle social qui est source de nombreuses opportunités. Ils trouvent également une véritable raison d'être dans leur désir de créer et de trouver le succès dans la plupart des univers artistiques – ils ont naturellement l'œil pour reconnaître ce qui est beau. Grâce à l'énergie extrêmement sociable de la Balance, le plus grand développement qu'elle va connaître proviendra des partenariats et du travail avec les autres.

Scorpion : Jupiter en Scorpion inspire une volonté forte et déterminée. Ces personnes possèdent le pouvoir de persuasion, grâce en partie à leur profonde conscience de soi, qui attire les autres. Elles sont également douées pour découvrir les secrets et trouvent le succès dans des domaines où il faut outrepasser l'évidence pour révéler ce qui se cache en dessous.

Sagittaire : pour ceux qui ont Jupiter positionné en Sagittaire – le signe que cette planète régit – tout est une question d'ouverture d'esprit et d'optimisme. Leur développement puise sa source dans leur grande curiosité et les nombreuses expériences qu'ils font avec détermination. L'argent leur vient généralement facilement, tout comme leurs capacités à le dépenser – apprendre à épargner peut être pour eux la leçon de toute une vie.

Capricorne : Jupiter en Capricorne donne souvent lieu à de grandes carrières et au succès financier. Ceux qui bénéficient de ce positionnement sont mus par l'ambition, mais sont conscients du travail et du dévouement nécessaires pour y parvenir. Un pied après l'autre, ils avancent avec assurance sur le chemin qui mène à l'abondance. Servir l'intérêt général est leur meilleure motivation pour réussir.

Verseau : Jupiter en Verseau favorise les pensées progressistes et novatrices chez les natifs du signe, qui considèrent les métiers où l'on travaille pour un avenir meilleur comme les plus satisfaisants. Une telle énergie attire de nombreuses amitiés qui ouvrent souvent la porte à la chance et aux opportunités. L'abondance financière peut être illusoire, car ils n'accordent pas une grande importance aux biens matériels.

Poissons : les Jupiter-Poissons trouveront leur plus grande source de développement et de succès dans la spiritualité et les émotions. Ils seront généralement attirés par les domaines qui font appel à leur empathie universelle. Leur personnalité agréable attire d'importantes opportunités, mais ils ont besoin de beaucoup de temps avec eux-mêmes pour véritablement s'épanouir.

♄

SATURNE

Structure + Discipline + Responsabilité

Gouverne : le Capricorne

Temps de transit : 2-3 ans

Après la joyeuse Jupiter, Saturne n'est que froideur, mesure et autoritarisme. Elle est là pour nous enseigner toutes les leçons que nous avons besoin d'apprendre.

LA PLANÈTE

Saturne est la deuxième planète de notre Système solaire par la taille, derrière Jupiter, et, comme c'est la sixième par ordre de distance au Soleil, elle est presque deux fois plus loin de l'astre du jour que Jupiter. Même à cette distance, elle est visible à l'œil nu et, pendant de nombreuses années, on a cru qu'elle marquait l'extrémité de notre existence planétaire, ce qui a inspiré son influence sur les limites que l'on fixe. Ses anneaux illustrent, eux aussi, cette limitation, tandis que son éloignement physique se reflète dans sa nature insensible et distante..

SA SIGNIFICATION

En mythologie romaine, avant que Jupiter ne devienne le dieu des dieux, c'était son père, Saturne, qui dirigeait les cieux. En fait, Jupiter est le seul enfant de Saturne à avoir survécu, grâce à sa mère, qui l'a caché. Lorsque Saturne a entendu une prophétie selon laquelle l'un de ses enfants le renverserait de son trône, il les a mangés – Neptune et Pluton inclus – à leur naissance. L'énergie astrologique de Saturne est donc faite d'autorité stricte, de sévérité et de discipline assidue. Cette planète règne sur les obstacles et les difficultés, mais seulement parce qu'ils nous permettent d'évoluer. Elle est là pour nous aider à travailler en vue d'obtenir ce que l'on veut et nous apprendre que la force s'acquiert en triomphant des épreuves.

CE QU'ELLE NOUS DIT

Sa position dans notre thème astral influence notre niveau de responsabilité et de maturité. Elle peut apporter un éclairage sur les défis auxquels nous faisons face, expliquant où et comment nous pouvons nous développer. Dans quels domaines êtes-vous ou non discipliné, bien organisé et dans quels autres devez-vous vous améliorer ? Où se situent vos plus grandes difficultés et comment les gérez-vous ? Saturne impose des limites et apporte une dose de réalisme pour contrebalancer les illusions, ce qui nous donne véritablement l'opportunité de grandir.

SATURNE DANS LES SIGNES

Bélier : pour ceux qui ont Saturne en Bélier, signe d'action, les obstacles sont nombreux, freinent leur motivation et les coupent dans leur élan de manière répetée. Cependant, cela les aidera à se forger une force et un courage immenses. Au fil du temps, les difficultés vont aller en se raréfiant et, grâce à leur détermination ambitieuse, le succès viendra beaucoup plus facilement.

Taureau : Saturne en Taureau instille la peur du manque. Les personnes qui ont ce positionnement aspirent généralement à une grande sécurité financière et amoureuse, redoutant ce que leur vie sera si elles en sont privées. Elles comptent le moindre centime et restent dans des relations qui ne leur apportent rien, simplement pour soulager leur peur. Toutefois, l'énergie déterminée du Taureau les aidera à enfin trouver l'abondance, qu'elles partageront ensuite généreusement.

Gémeaux : la position de Saturne en Gémeaux dope encore plus les capacités intellectuelles de ce signe, ainsi que son dévouement à sa quête de connaissance. La difficulté pourrait bien naître de l'accès à cette éducation. Une fois qu'il y accède, cependant, sa faculté d'apprendre, de traiter l'information et de la retenir est exceptionnelle. Saturne apporte une dose de pragmatisme à l'esprit et à la curiosité des Gémeaux.

Cancer : Saturne en Cancer peut exacerber les sentiments d'insécurité de ce signe sensible qui aime prendre soin des autres. Il peut alors ressentir le besoin de s'accrocher désespérément à un partenaire, ou refouler ses sentiments jusqu'à être détaché et déconnecté afin de fortifier son épaisse carapace extérieure. Faire la paix avec sa vulnérabilité et nouer des liens étroits et solides vont constituer le plus grand des défis du Cancer saturnien.

Lion : les Lions saturniens désirent ardemment être le centre de l'attention et peuvent perdre pied s'ils n'ont pas le sentiment d'être spéciaux. Toutefois, Saturne apporte également une énergie diligente à ce signe royal, lui donnant la capacité de gérer de grandes responsabilités. Saturne refroidit un peu sa chaleur et peut aussi entraver ses capacités à s'amuser, à se lâcher et à s'exprimer, en particulier s'il n'y a pas de spectateurs.

Vierge : quand Saturne est en Vierge, sa nature disciplinée augmente le pragmatisme inné de ce signe. Ses capacités intellectuelles sont accrues et son attention au détail peut devenir encore plus acérée. Cependant, son perfectionnisme risque fort de poser problème, le coupant dans son élan et le noyant dans une myriade de détails, ce qui rendra très coûteux l'effort pour adopter une vision globale des choses.

Balance : Saturne en Balance peut engendrer un juge équitable, quelqu'un qui est doué d'un sens inné et impartial de l'équilibre. Il sera peut-être réputé pour la bonne impression qu'il suscite, car la discipline de Saturne contrôle le charme de la Balance. Le plus grand obstacle qu'un Saturne-Balance pourrait avoir à surmonter se trouve dans le domaine amoureux : il peut rencontrer des difficultés dans ses relations, avant de grandir et d'apprendre à nouer des liens avec le bon partenaire.

Scorpion : avec Saturne en Scorpion, la discipline de la planète alliée à l'intelligence et à la profonde sensibilité de ce signe d'eau permet de mieux comprendre la motivation et le comportement des autres. Cela peut cependant avoir des conséquences délétères en donnant au Scorpion saturnien la capacité de manipuler et de dominer s'il n'agit pas avec honnêteté. Le défi le plus important qu'il devra relever peut se présenter sous la forme du scandale, mais il en ressortira plus fort que jamais.

Sagittaire : les Sagittaires saturniens sentiront probablement que leur patience est mise à l'épreuve, encore et toujours, et de bien des façons. C'est la leçon de la planète pour ce signe : faire comprendre l'importance du travail et de la persévérance, afin de l'aider à véritablement mériter le succès qui arrivera plus tard.

Capricorne : quand Saturne est en Capricorne, le signe qu'il gouverne, la planète lui insuffle ambition, détermination et une farouche indépendance. Les Capricornes saturniens vont très probablement devoir affronter des obstacles sur le chemin vers le succès, ce qui ne va que mettre en évidence leur désir d'autonomie. Cette détermination à tout faire pour soi peut conduire à la solitude, le défi sera alors de trouver un partenaire sur lequel ils accepteront de s'appuyer véritablement.

Verseau : la discipline de Saturne apporte un merveilleux pragmatisme aux grandes idées progressistes du Verseau pour l'humanité. Elle donne à ce signe, qui voit les choses à grande échelle, un chemin concret qui lui permet de transformer les projets en réalité. La difficulté naît du besoin d'indépendance du Verseau, qui peut, par inadvertance, mener à l'isolement et à la solitude.

Poissons : les Poissons saturniens recherchent généralement la structure qu'offre la pratique spirituelle. L'énergie disciplinée de ce signe peut transformer les ruminations chimériques en travail créatif, ce qui ramènera son mysticisme sur terre. Cependant, il devra relever des défis dans le domaine des émotions, car, très sensible, il ressent tout profondément.

♅

URANUS

Changement + Rébellion + Révolution

Gouverne : le Verseau

Temps de transit : 7 ans

Uranus est la première des planètes extérieures. C'est une sorte de surprise cosmique empreinte d'originalité.

LA PLANÈTE

Ce n'est qu'en 1781 que l'astronome britannique sir William Herschel a découvert ce corps céleste, visible à l'œil nu une seule fois par an. Première planète « moderne », Uranus est la septième planète par ordre d'éloignement du Soleil et sa période de révolution est de plus de quatre-vingt-quatre ans. Sa réputation rebelle est représentée par sa façon d'évoluer dans l'espace : son axe s'incline de telle manière qu'elle est presque à l'horizontale, si bien qu'elle semble tourner autour du Soleil sur son côté. Et, tout comme Vénus, sa rotation s'effectue dans le sens inverse des autres planètes du Système solaire.

SA SIGNIFICATION

Dans la mythologie grecque, Uranus était le dieu du ciel. En astrologie, c'est la planète de l'originalité. Elle règne sur le futur – rapide, inattendue et révolutionnaire. La première planète extérieure est connue pour être la cause d'un grand réveil, véritable éclair de changement et d'inspiration, une véritable visionnaire cosmique. Son domaine ? L'originalité et la façon dont celle-ci se manifeste. Pour elle, les limites sont faites pour être repoussées. Elle régit l'innovation et s'adresse au moi supérieur. C'est la première à offrir un portail vers une conscience supérieure.

CE QU'ELLE NOUS DIT

La position d'Uranus dans notre thème astral peut éclairer ce qui nous rend différents, ou amplifie nos excentricités. Son placement détermine souvent l'aspect de notre vie dans lequel nous rejetons les règles, enflammant notre esprit rebelle et inspirant notre individualité. Êtes-vous adepte des changements rapides et inattendus ? Vous arrive-t-il d'être soudainement frappé par des idées de génie ? Uranus opère comme Mercure, sur une octave supérieure : elle utilise le pouvoir qu'elle exerce sur l'esprit cérébral pour le faire passer au niveau supérieur. Votre talent de visionnaire est la sphère d'influence de cette planète.

URANUS DANS LES SIGNES

Bélier : les Uranus en Bélier prennent généralement les rênes lorsqu'il s'agit de faire avancer l'humanité. Libres penseurs, ils détestent arpenter les sentiers battus, optant plutôt pour le changement et l'innovation. D'un point de vue culturel, quand Uranus est en Bélier, cela peut être source d'un grand bouleversement inattendu ou de coups de théâtre retentissants.

Taureau : lorsque Uranus est en Taureau, elle prête son énergie à la solide détermination de ce signe. Son besoin de sécurité financière peut le conduire à faire preuve de créativité pour gagner de l'argent ou à changer sa conception des ressources. Sur le plan culturel, une telle configuration peut changer radicalement notre façon de voir l'environnement et notre rapport à la planète.

Gémeaux : chez les Uranus-Gémeaux, l'énergie de la planète est canalisée par le biais des idées. Ils pensent habituellement de manière atypique, délaissant les points de vue traditionnels et savourant la liberté des idéologies progressistes. Il est aussi fortement possible qu'ils soient novateurs en matière de communication. Culturellement, cette configuration peut ouvrir la porte à un changement de la société dans sa globalité.

Cancer : Uranus en Cancer peut augmenter la sensibilité de ce signe d'eau. Il comprend ainsi les autres de manière foudroyante, ou a des sursauts d'intuition soudains et profonds. Il pourrait bien renverser les traditions familiales dans lesquelles il a été élevé. D'un point de vue culturel, une telle configuration peut générer des changements majeurs dans la vie de famille et ses valeurs.

Lion : Uranus en Lion est source de créativité accrue. Avec un tel positionnement, vous avez des talents artistiques visionnaires, un désir profond de les exprimer et l'énergie nécessaire pour les mener à bien – sans oublier un goût pour l'attention du public que cela peut attirer. Culturellement parlant, Uranus en Lion favorise de nouveaux mouvements et tendances, des innovations en matière d'art, de culture et de divertissement.

Vierge : l'énergie d'Uranus en Vierge intensifie les capacités d'analyse de ce signe, propulsant au premier plan son pragmatisme avec une perspicacité avant-gardiste. Les Uranus-Vierges peuvent donc être très intelligents tout en faisant preuve d'originalité et mettent leur connaissance au service du bien de l'humanité. Sur le plan culturel, avec une telle configuration, des avancées décisives dans la recherche ou en matière de technologie sont possibles.

Balance : les Uranus en Balance seront souvent intéressés par des méthodes anti-conventionnelles en amour et dans leurs relations. Il est possible qu'ils désirent ou créent de nouvelles formes de partenariats. L'énergie d'Uranus en Balance donne également naissance à un style extraordinairement unique et à une esthétique souvent excentrique. Culturellement, cette configuration peut être une source d'inspiration pour le sens de la justice de ce signe et initier des changements en matière d'égalité sociale.

Scorpion : avec Uranus en Scorpion, vous avez tendance à ressentir les choses de façon intense. Vous réfléchissez différemment à votre relation pour l'amener à un niveau de conscience plus élevé et plus profond, et pavez le chemin afin que d'autres puissent, eux aussi, trouver une telle connexion. Sur le plan culturel, Uranus en Scorpion peut générer la transformation de la société, en refermant un chapitre afin que le suivant puisse s'ouvrir.

Sagittaire : Uranus en Sagittaire engendre un besoin d'indépendance et d'aventure, ainsi qu'une aversion pour tout ce qui est trop structuré ou organisé. Les personnes qui ont cette configuration ont souvent une philosophie de vie progressiste, ou explorent de nouvelles façons d'aborder les grandes certitudes de la vie. D'un point de vue culturel, Uranus en Sagittaire apporte de nouvelles libertés à la société dans sa globalité.

Capricorne : Uranus en Capricorne confère souvent l'intelligence et la détermination pour changer les systèmes défaillants. Les Uranus-Capricornes se rebellent contre l'autorité, préférant être leur propre patron. Culturellement parlant, avec ce type de configuration, les principaux systèmes de fonctionnement d'une société peuvent être remis en question.

Verseau : Uranus en Verseau crée des penseurs révolutionnaires uniques dans leur capacité à innover et à inspirer, et qui mettent leur originalité intellectuelle au service du progrès de l'humanité. En termes de culture, Uranus en Verseau peut déclencher des révolutions majeures et s'avère généralement propice à des périodes de grandes avancées technologiques.

Poissons : Uranus en Poissons favorise les liens émotionnels étroits. Les personnes qui bénéficient de ce positionnement éprouvent de l'empathie pour l'humanité et posent sur le monde un regard rêveur. Leur capacité à innover s'exprime dans le domaine de la spiritualité et des arts. Sur le plan culturel, Uranus en Poissons peut faire évoluer la société d'un point de vue artistique ou dans sa relation à la spiritualité et à la religion.

NEPTUNE

Imagination + Intuition + Conscience Supérieure

Gouverne : les Poissons

Temps de transit : 13-14 ans

Après l'énergie électrique du changement insufflé par Uranus arrive Neptune, symbole des eaux, et son mysticisme éthéré.

LA PLANÈTE

Aperçu pour la première fois en 1791, ce corps céleste n'a été officiellement positionné qu'en 1846. C'est la huitième planète de notre Système solaire et la plus éloignée – environ 4,5 milliards de kilomètres du Soleil. Neptune est la seule à ne pas être visible à l'œil nu, ce qui correspond à son domaine d'influence : l'imagination et les rêves – la représentation de ce qui se trouve au-delà du monde que nous pouvons voir. Elle doit sa teinte cobalt au méthane présent dans son atmosphère, qui absorbe la lumière rouge du Soleil et reflète la lumière bleue, signe supplémentaire de son incarnation de l'énergie de l'eau.

SA SIGNIFICATION

Neptune doit son nom au dieu romain de la mer, qui régnait sur toutes les sources d'eau du monde, les rivières, les ruisseaux, les océans et plus encore. L'eau représente le monde des émotions, ses profondeurs mystérieuses symbolisant l'inconscient et l'inconnu. En astrologie, Neptune est une planète transcendante de mysticisme et de spiritualité. Elle incarne nos rêves, éveillés ou non. Planète d'illusion, elle rend floues les frontières entre ce qui est « réel » et ce qui ne l'est pas. Sa force tranquille influence notre créativité, nous guidant vers une conscience supérieure et contrôlant l'invisible.

CE QU'ELLE NOUS DIT

Sa position dans notre thème de naissance influe sur notre relation avec les royaumes stués au-delà de notre monde matériel. Elle éclaire de nombreux et mystérieux univers impalpables. Excellez-vous dans l'art de rêvasser ? Êtes-vous en phase avec votre intuition ? Comment étanchez-vous votre soif de spiritualité ? Dans quelles sphères votre créativité s'épanouit-elle ? Tout comme Uranus et Pluton, elle opère comme Vénus, une planète intérieure – mais sur une octave au-dessus. Neptune fait passer l'amour et la beauté de Vénus au cran supérieur, faisant voir la beauté dans toutes les choses invisibles et stimulant un amour profond et universel.

NEPTUNE DANS LES SIGNES

Bélier : Neptune en Bélier insuffle à l'énergie active de ce signe un idéalisme qui aide cette génération à se battre pour défendre ce qu'elle croit juste. Elle anime son esprit d'une fougue qui lui permet de trouver des manières créatives de faire progresser l'humanité. Cette association particulière d'optimisme et de détermination est un terreau fertile pour la révolution.

Taureau : les Neptune en Taureau font l'expérience de la formidable rencontre de ces deux énergies complémentaires. Le Taureau, profondément ancré, avec son amour des biens matériels, est influencé par la transcendance de Neptune – un pont entre les mondes. Cette génération comprend ce qui a véritablement de la valeur dans la vie, dépassant le piège du monde matériel.

Gémeaux : Neptune en Gémeaux donne à l'énergie intellectuelle de ce signe une imagination fertile et avant-gardiste. Les personnes qui présentent ce genre de configuration ont les compétences nécessaires pour innover, notamment en matière de technologie. La communication est un facteur clef pour les générations avec un tel positionnement, et elles trouveront de nouvelles façons d'entrer en contact et de nouveaux modes de narration.

Cancer : la génération qui a Neptune en Cancer est très en phase avec sa vie émotionnelle intérieure et motivée par sa sensibilité à rendre le monde meilleur. Elle est également en lien avec la vie domestique et familiale, qu'elle respecte profondément et réimagine.

Lion : l'énergie de Neptune dans ce signe royal donne aux personnes avec cette configuration un grand sens de l'intégrité, un certain idéalisme et des qualités de leader. L'énergie du Lion permet aux rêves que fait naître Neptune de se réaliser, et cette génération donne le jour à des êtres qui croient en une cause, deviennent influents en la défendant et motivent les autres à les rejoindre grâce à leur charisme et à leur magnétisme.

Vierge : pour la génération qui a Neptune en Vierge, les hautes vibrations de la planète donnent à ce signe très pragmatique un profond désir de se mettre au service de l'humanité. Cependant, l'énergie de Neptune peut aussi dérouter. Le fonctionnement de la Vierge, clair et structuré, peut alors se retrouver désorganisé par la planète qui élimine les limites, suscitant la confusion d'un point de vue culturel.

Balance : si vous avez Neptune en Balance, votre génération aura comme moteur l'amour – un amour universel pour l'humanité dans son ensemble. Vous éprouvez un profond désir d'harmonie et d'équilibre, et cherchez à changer le monde afin que s'épanouisse pleinement votre sens de la justice. Lorsque Neptune traverse le signe de la Balance, on recherche une certaine paix sociétale.

Scorpion : l'énergie de Neptune en Scorpion donne à cette génération la détermination à révéler les secrets, à creuser au-delà de ce qu'on lui apprend et à éclairer les zones d'ombre de la société, et sa part d'inconnu. Elle bénéficie alors d'un lien fort avec ses émotions, qu'elle éprouve de façon intense. Lorsque Neptune est en Scorpion, la société réfléchit en examinant les choses de manière ouverte et en explorant les sujets tabous.

Sagittaire : la grande intelligence de ceux qui ont Neptune en Sagittaire est renforcée par un certain idéalisme. Le Sagittaire est un signe de connaissance et d'apprentissage, et l'influence de Neptune va aider cette génération à propulser les domaines de l'éducation, de la philosophie et de la spiritualité vers de nouveaux sommets.

Capricorne : l'énergie de Neptune chez l'inébranlable Capricorne va offrir à cette génération le pragmatisme nécessaire pour mettre l'idéalisme de cette planète en action. Les personnes avec une telle configuration ont le pouvoir de remodeler les structures de la société, mettant en place de nouveaux systèmes et organisations élaborés avec intégrité et compassion.

Verseau : avec Neptune en Verseau, la planète apporte ses hautes vibrations à l'humanitaire, un sujet prioritaire pour ce signe. Cette génération est avant-gardiste, avec de grandes visions pour un avenir qui se veut inclusif, équitable et unifié dans l'altruisme. Elle ouvrira la voie à de nouvelles façons, plus égalitaires, d'exister.

Poissons : le positionnement de Neptune dans le signe qu'il gouverne va apporter une spiritualité et une compassion profondes à la génération qui présente cette configuration. Elle éprouvera un fort désir de rapports humains, de paix et de transcendance, et pourrait bien être celle qui nous aide à mieux nous comprendre.

PLUTON

Pouvoir + Transformation + Évolution

Gouverne : le Scorpion

Temps de transit : 12-31 ans

À la force tranquille de Neptune succède l'intensité de Pluton, une planète qui gouverne le pouvoir, la mort et la renaissance.

LA PLANÈTE

Pluton, la troisième de nos planètes « modernes », fait moins de la moitié de la taille de Mercure, la plus petite de notre Système solaire. Découverte en 1930 et déclarée neuvième planète de notre Système solaire, elle a été déclassée en 2006, lorsque l'Union astronomique internationale (UAI) a redéfini la notion de planète : la planète naine n'entrait plus dans les critères. Avec son orbite unique et détraquée, elle boucle en près de deux cent cinquante ans sa rotation autour du Soleil, qui se trouve à 6 milliards de kilomètres de distance.

SA SIGNIFICATION

Pluton doit son nom au dieu mythologique du monde souterrain et des morts, et, en astrologie, l'énergie transformatrice de cette planète naine régit de fait la mort et la renaissance. Incroyablement puissante, c'est une planète d'intensité, de mystère, de création et de destruction. Elle met fin aux choses afin de pouvoir recommencer à zéro. Sa rotation lente et large autour du Soleil donne à son passage dans chaque signe une durée de vingt ans en moyenne. Elle définit donc les générations, en amenant la fin d'une ère et en passant à une autre.

CE QU'ELLE NOUS DIT

Bien que la position de Pluton dans notre thème de naissance ait plus d'impact sur une génération entière, cette planète, source de défis, de transformation et de leçons exerce aussi une influence individuelle. Elle peut en effet déclencher de grands bouleversements dans notre vie et éclairer nos vérités les plus intimes et les plus sombres, nous forçant à affronter le deuil pour nous faire renaître ensuite. Dans quels domaines vivez-vous de grands changements ? Comment va-t-on vous demander de faire face à l'énergie destructrice de cette planète ? Où et comment trouverez-vous vos vérités les plus profondes ? Pluton est l'octave supérieure de Mars, elle vibre de son énergie primale à un niveau existentiel.

PLUTON DANS LES SIGNES

Bélier : Pluton en Bélier enflamme les esprits novateurs, la génération qui a eu cette configuration a été marquée par une soif d'aventure pionnière, se montrant plus que prête à laisser le passé derrière elle pour un avenir prometteur. D'un point de vue personnel, ce positionnement peut apporter courage, action et indépendance, autant d'éléments qui peuvent aussi virer à l'inconscience.

Taureau : lorsque Pluton est en Taureau, elle fait souffler un vent de bouleversement sur le monde matériel de ce signe. Cette génération s'est battue pour des possessions de toutes sortes. Il existait de grands écarts entre les classes sociales, très divisées, et les couches populaires étaient particulièrement exploitées. Sur le plan individuel, ce positionnement apporte la persévérance.

Gémeaux : Pluton en Gémeaux a transformé la communication ; la façon dont l'information est transmise et reçue a été changée à tout jamais. Ce passage a également donné naissance à toute une génération de communicants de légende, qu'ils soient écrivains, interprètes et, avec l'énergie destructrice de Pluton, dictateurs. Au niveau personnel, cette configuration est source d'inventivité.

Cancer : quand Pluton a traversé le signe du Cancer, son énergie transformatrice a fortement bouleversé l'attachement de ce signe au foyer traditionnel et à la vie de famille. Cela a complètement restructuré la manière de vivre des familles, créant un changement radical en termes d'attentes. D'un point de vue individuel, ce positionnement accroît la sensibilité et la force des émotions.

Lion : Pluton en Lion influe sur l'essor et le déclin du pouvoir. Cette génération a connu de grands leaders, mais a aussi fait l'expérience du pouvoir qui déraille. Elle a accordé une importance primordiale à la célébrité, comme l'amour des Lions pour les feux de la rampe était exacerbé par Pluton. Elle recherchait aussi le plaisir par pur hédonisme. Sur le plan personnel, Pluton en Lion donne au pouvoir et à l'ego une taille surdimensionnée.

Vierge : les Pluton en Vierge mettent leur nature pratique au service des autres. Cette génération a donc vu l'émergence de grands mouvements sociaux pour soutenir les personnes dans le besoin et faire des avancées en matière de justice un sujet de premier plan. À l'échelle individuelle, cette configuration renforce le raisonnement analytique.

Balance : les Pluton-Balances ressentent un profond besoin de paix et leur esprit est résolument tourné vers la justice. La génération qui a bénéficié de cette configuration planétaire a connu la fin d'un conflit majeur et les débuts de paix entre les puissances mondiales. Elle a également vécu une quête d'égalité plus grande dans de nombreux aspects de la société. Sur le plan personnel, Pluton en Balance implique un désir d'harmonie.

Scorpion : en Scorpion, le signe que Pluton régit, l'énergie de la planète décuple l'importance des thèmes de la destruction et de la renaissance qui lui sont propres. Les périodes de transit de Pluton en Scorpion ont été faites de bouleversements et de révolution, de violence et de renaissance. La génération qui a ce positionnement lutte contre les tabous et déblaie le chemin pour la suite. D'un point de vue personnel, Pluton en Scorpion attise les grandes passions.

Sagittaire : Pluton en Sagittaire crée une génération à l'âme aventurière, avide de connaissance et prête à découvrir la vérité. Cette période, la plus récente, a connu le progrès des technologies de la communication, la démocratisation des médias et un plus grand pouvoir accordé au peuple. À l'échelle de l'individu, cette configuration s'accompagne d'un optimisme à toute épreuve.

Capricorne : Pluton en Capricorne va apporter l'énergie perturbatrice de la planète dans tout ce qui touche à la structure et aux systèmes, thèmes propres à ce signe. La génération qui fera l'expérience d'une telle configuration usera de son ambition pour créer de nouveaux systèmes qui serviront mieux la société. Sur le plan individuel, ce positionnement développe la responsabilité et la discipline.

Verseau : l'énergie de Pluton en Verseau va amplifier le côté humaniste du signe, créant une génération résolue à construire un futur plus équitable. La période de cette configuration apportera sûrement de grands progrès en matière de technologie. Du point de vue personnel, ce positionnement génère un profond désir de faire évoluer l'humanité.

Poissons : Pluton en Poissons met l'accent sur les grandes émotions et la spiritualité, thèmes typiques de ce signe. L'ère de cette configuration est très propice à l'art, engendrant toute une génération d'écrivains, de peintres et d'autres artistes, très à l'écoute de leur sensibilité. L'énergie de Pluton ouvrira la voie à une période riche en amour et en compassion.

LES MAISONS

Maintenant que vous connaissez l'énergie des signes du zodiaque, la personnalité des planètes et la façon dont la première impacte la seconde, vous disposez d'une perspective riche sur votre caractère et votre comportement. À présent, nous allons ajouter un éclairage supplémentaire pour la compléter en nuances et détails.

LES DOUZE MAISONS ASTROLOGIQUES

Tout comme la roue zodiacale est divisée en douze segments, il existe douze maisons, chacune symbolisant un aspect de notre vie, un élément de l'expérience humaine. Les maisons couvrent tous les sujets, de la carrière et des finances aux relations, en passant par la vie domestique. Les douze maisons se superposent aux douze signes du zodiaque dans votre thème astral. Tandis que les signes effectuent une rotation autour de votre thème de naissance, en fonction de votre ascendant, les maisons restent fixes. La première est positionnée sur votre ascendant, puis viennent les autres, dans l'ordre, dans le sens inverse des aiguilles d'une montre.

L'INFLUENCE DES MAISONS

Connaître les maisons et la manière dont elles interagissent avec les planètes et les signes de votre thème astral vous aidera à comprendre les différents aspects prioritaires de votre vie. Le signe zodiacal dans lequel se trouve une maison vous expliquera comment son énergie s'exprime dans votre vie. Par exemple, si la troisième maison, celle de la communication, est en Bélier, vous n'avez probablement aucun problème pour dire franchement ce que vous pensez. Si cette même maison se trouve en Capricorne, vous pourriez avoir un processus logique très pragmatique, mais être verbalement plus réticent. Non seulement le signe dans lequel tombe chaque maison a un impact, mais la position des planètes dans les différentes maisons déterminera aussi les domaines de premier plan dans votre vie et les endroits où les traits de personnalité de ces planètes s'expriment le plus.

QU'EST-CE QU'UN STELLIUM ?

Lorsque trois planètes ou plus occupent une seule maison (ou signe zodiacal) au moment de votre naissance, on parle de « stellium ». Celui-ci implique qu'une grande quantité d'énergie va être concentrée dans un domaine particulier de votre vie, qui s'exprimera fortement par le biais du signe dans lequel il se trouve. Si vous sentez que cette énergie déséquilibre votre vie, vous pouvez vous tourner vers la maison opposée, ou accueillir l'énergie du signe du zodiaque opposé.

PREMIÈRE MAISON

La maison du moi

Identité + Apparence + Personnalité

Attachée : au Bélier

Associée : à Mars

Maison opposée : Septième

EN RÉSUMÉ

La première maison est connue pour être la maison du moi. C'est l'une des plus importantes dans votre thème. Elle est définie par votre signe ascendant et vous définit à son tour.

CE QU'ELLE SYMBOLISE

La première maison est un symbole de nouveau départ. Elle marque votre arrivée sur Terre et la personne que vous allez être pendant votre passage ici-bas. Elle représente qui vous êtes : votre ego, votre identité. Elle révèle comment vous vous percevez et aussi comment les autres vous perçoivent. Elle indique votre tempérament et ce qui vous motive, vos goûts et aversions, toutes les choses qui font de vous ce que vous êtes. C'est la maison des premières fois : premières impressions, premières perceptions.

Elle régit également notre corps et notre apparence. C'est un peu notre « packaging », la façon dont nous nous présentons au monde. Elle dicte nos manies, notre style personnel et peut apporter un éclairage sur le rapport que nous entretenons avec notre corps et sur l'énergie qui l'aide à se sentir au mieux de sa forme. La première maison détermine l'emplacement des autres qui vont suivre : c'est elle qui définit le chemin de votre être astrologique.

LES QUESTIONS AUXQUELLES ELLE RÉPOND

La première maison peut répondre à de nombreuses questions déterminantes : comment les autres vous voient-ils ? Comment vous voyez-vous, vous-même ? Quelles expériences de votre enfance façonnent la personne que vous êtes ? Qu'êtes-vous destiné à devenir ?

DEUXIÈME MAISON

La maison des biens

Argent + Ressources + Valeur

Attachée : au Taureau

Associée : à Vénus

Maison opposée : Huitième

EN RÉSUMÉ

La deuxième maison est communément appelée la « maison de l'argent et des biens ». Son domaine est donc celui de la valeur, qu'il s'agisse de possessions tangibles ou non.

CE QU'ELLE SYMBOLISE

Cette maison règne sur les finances et le monde matériel. Elle est liée à ce que l'on possède, ce que l'on désire posséder et le genre de choses dont nous nous entourons : objets, biens et patrimoine matériel. La deuxième maison peut déterminer notre rapport à l'argent – les sentiments qu'il nous inspire, ce pour quoi nous voulons l'utiliser et comment en gagner davantage.

Cependant, la deuxième maison s'étend au-delà des biens matériels. Elle est en effet aussi associée à tout ce qui a une valeur intangible : c'est là que se trouvent nos valeurs, ce qui est important et porteur de sens. Elle gouverne également notre estime de soi et ce qui, dans notre personnalité, a de la valeur à nos yeux.

Où s'inscrivent donc nos biens dans tout cela ? Qu'est-ce qui a le plus d'importance pour nous ? Les planètes dans notre deuxième maison influencent notre rapport à l'argent et aux biens matériels, tandis que le signe dans notre deuxième maison détermine l'attitude que nous adoptons vis-à-vis de nos finances.

LES QUESTIONS AUXQUELLES ELLE RÉPOND

La deuxième maison peut répondre à de nombreuses questions sur les choses auxquelles nous accordons de la valeur : que possédez-vous et que souhaitez-vous posséder ? Quelle relation entretenez-vous avec l'argent et les ressources ? Qu'est-ce qui ou qui a de la valeur à vos yeux, et pourquoi ?

TROISIÈME MAISON

La maison de la communication

Langage + Connaissance + Environnement

Attachée : aux Gémeaux

Associée : à Mercure

Maison opposée : Neuvième

EN RÉSUMÉ

La troisième maison est celle de la communication, c'est-à-dire la manière dont nous recevons, intégrons et transmettons l'information, celle dont nous interagissons avec notre environnement immédiat.

CE QU'ELLE SYMBOLISE

Cette maison est associée à notre style global de communication et à tous les formats que nous utilisons pour relayer l'information aux autres. Elle gouverne notre processus mental, notre mode de pensée, mais aussi notre façon de parler et d'écrire, ainsi que les méthodes et le langage que nous utilisons pour ce faire. Contrairement aux deux premières maisons, qui s'attachent aux domaines de notre ego et de nos biens matériels, la troisième nous aide à comprendre notre relation aux autres.
La troisième maison couvre un certain nombre d'aspects de notre environnement immédiat. Elle ne révèle pas seulement notre mode de communication en général, mais aussi la manière dont nous interagissons avec les personnes présentes dans notre vie de tous les jours : les frères et sœurs, les proches et les voisins. Elle englobe également le thème des trajets quotidiens, de l'éducation dans la petite enfance et explique en quoi celle-ci nous prépare à nos apprentissages futurs. Les planètes présentes dans notre troisième maison sont en lien avec notre façon de communiquer et notre rapport au savoir.

LES QUESTIONS AUXQUELLES ELLE RÉPOND

La troisième maison peut apporter un éclairage sur notre style de communication et nos interactions du quotidien. Comment apprenons-nous le mieux ? Avec quelle forme de communication sommes-nous le plus à l'aise ? Comment partageons-nous notre connaissance et comment les autres la reçoivent-ils ?

QUATRIÈME MAISON

La maison du foyer

Famille + Vie Domestique + Ancêtres

Attachée : au Cancer

Associée : à la Lune

Maison opposée : Dixième

EN RÉSUMÉ

La quatrième maison est la maison… de la maison. Elle est associée à l'environnement physique que nous appelons notre « chez-nous », mais, surtout, elle est liée à tout ce qui peut faire d'une maison un vrai foyer.

CE QU'ELLE SYMBOLISE

La quatrième maison est celle des fondations et de la famille, elle nous dit comment nous construisons notre maison, d'un point de vue littéral et figuratif. Elle couvre le cercle complet de notre vie, englobant passé, présent et futur. La relation que nous entretenons avec nos parents s'y trouve également, tout comme la nostalgie de l'enfance et ce que nous inspirait notre maison d'alors. Elle concerne également nos racines et notre patrimoine, les expériences de nos ancêtres et ce que nous portons avec nous de notre passé familial. Il s'agit de la maison que nous créons et de celle que nous bâtissons pour notre avenir, ce qui nous fait nous sentir en sécurité, ancrés et comblés – on parle donc d'un logement, certes, mais aussi d'un sentiment.
Cette maison régit l'environnement domestique mais également notre maison intérieure – comment y accédons-nous et quels sentiments évoque-t-elle pour nous ? Elle représente enfin ce que nous conservons dans notre jardin secret, les parts de nous-mêmes qui se terrent dans l'ombre et se cachent derrière les portes closes.

LES QUESTIONS AUXQUELLES ELLE RÉPOND

La quatrième maison peut être très révélatrice sur les fondations que nous édifions et le sens réel que nous attribuons au mot « maison ». Quelle personne (ou quel objet) vous fait vous sentir en sécurité et à l'aise ? Comment êtes-vous connecté à vos ascendants et comment plantez-vous vos racines ? De quel type d'espace domestique avez-vous besoin pour vous sentir bien ?

CINQUIÈME MAISON

La maison du plaisir

Créativité + Romance + Divertissement

Attachée : au Lion

Associée : au Soleil

Maison opposée : Onzième

EN RÉSUMÉ

La cinquième maison est celle du plaisir et renferme tout ce qui s'y rattache : si une chose fait naître de la joie en nous, alors elle y est représentée.

CE QU'ELLE SYMBOLISE

Véritable temple du divertissement, elle regroupe tout ce qui nous apporte du plaisir, d'un point de vue physique (oui, le sujet de la sexualité y est abordé), mais également psychique. La cinquième maison gouverne tout ce qui a trait à la créativité : la façon dont nous nous exprimons, ce que nous aimons faire, les activités qui nous rendent heureux. Les thèmes présents dans cette maison sont liés à toutes les choses qui nous enthousiasment et à la joie pure qu'elles évoquent en nous. Il n'est donc pas surprenant, lorsqu'on parle de ce qui nous donne du plaisir, que le sexe et les histoires d'amour jouent un rôle important dans cette maison. Son univers couvre les petits béguins tout comme les liaisons passionnées, les histoires d'amour balbutiantes et le plaisir solitaire. Et, en matière de sexe, existe-t-il quelque chose de plus primal que de créer la vie ? Les enfants font donc partie de cette maison, tout comme la joie que nous procure leur éducation. Les planètes dans notre cinquième maison accentuent nos entreprises créatives.

LES QUESTIONS AUXQUELLES ELLE RÉPOND

La cinquième maison n'est que plaisir et enrichissement intérieur : quels sont les passe-temps que vous aimez ? Comment vous épanouissez-vous d'un point de vue créatif ? Que signifie le romantisme pour vous et comment l'exprimez-vous ? Quelles sont les passions qui vous font retrouver votre joie d'enfant ? Comment créerez-vous une postérité que vous transmettrez à vos enfants ?

SIXIÈME MAISON

La maison de la santé

Bien-être + Service + Travail

Attachée : à la Vierge

Associée : à Mercure

Maison opposée : Douzième

EN RÉSUMÉ

La sixième maison, celle de la santé, régit notre façon de prendre soin de nous et ce qui en résulte : notre capacité à servir les autres.

CE QU'ELLE SYMBOLISE

La sixième maison est celle de l'entretien. Elle concerne notre santé, mais aussi tous les détails et les routines du quotidien qui servent à préserver notre bien-être, à maintenir notre corps en bonne santé, à faire en sorte que notre vie continue à se dérouler sans heurts. L'exercice physique, les régimes et les soins journaliers que l'on se prodigue sont autant d'éléments représentés dans cette maison, ainsi que les origines de nos inquiétudes, tout ce qui peut engendrer du stress et, ensuite, la maladie.

Tout ce travail d'entretien nous sert à préserver une bonne santé fonctionnelle, afin que nous puissions faire notre travail. C'est là qu'entre en jeu la notion de service qu'abrite cette maison. Le travail représenté dans la sixième maison n'est pas celui de la carrière, mais concerne plutôt les personnes que nous servons dans notre vie de tous les jours, ainsi que notre façon de les servir et les sentiments que cela nous inspire à plus grande échelle. Elle gouverne nos rapports avec les supérieurs et les subordonnés. Les planètes dans la sixième maison peuvent révéler la nature du service qui va nous convenir, ainsi que nos manières préférées de prendre soin de nous.

LES QUESTIONS AUXQUELLES ELLE RÉPOND

La sixième maison inclut des thèmes qui peuvent sembler éclectiques, mais qui, bien entendu, sont liés : quel type de sport vous convient le mieux ? Qu'est-ce que le bien-être pour vous ? De quelle façon souhaitez-vous rendre service et en quoi vos habitudes peuvent-elles vous y préparer ?

SEPTIÈME MAISON

La maison des partenariats

Engagement + Relations + Adversaires

Attachée : à la Balance

Associée : à Vénus

Maison opposée : Première

EN RÉSUMÉ

La septième maison gouverne nos relations individuelles, les bonnes (business, domaine créatif, partenaires de vie) et les mauvaises (disputes, divorce, ennemis).

CE QU'ELLE SYMBOLISE

La septième maison se distingue des thèmes personnels pour se consacrer à celui des autres – dans le cas présent, aux partenaires. Il ne s'agit pas de partenaires au sens romantique du terme, bien que le mariage tombe sous sa juridiction, mais des partenaires en général, c'est-à-dire quiconque envers qui nous nous sommes engagés. Son univers est donc celui des associés professionnels, des collaborations créatives et des relations interpersonnelles, ce qui regroupe les amitiés de longue date et les idylles qui se sont métamorphosées en engagements à long terme. Cette maison gouverne la façon dont nous nous comportons dans ces types de partenariats : les engagements qui nous conviennent ou non, le type de partenaires que nous pourrions essayer de rechercher. Elle ne régit pas seulement les relations positives et bénéfiques, mais aussi celles qui sont envenimées, ou avec des « ennemis déclarés ». C'est aussi la maison des procédures judiciaires et du divorce, des partenariats rompus et des adversaires. Il est possible d'en apprendre beaucoup sur nous-mêmes rien qu'en observant comment nous formons des alliances avec les autres – ou les brisons. Telles sont les leçons que nous enseigne la septième maison.

LES QUESTIONS AUXQUELLES ELLE RÉPOND

La septième maison apporte un éclairage sur les partenariats de tous bords : que recherchez-vous dans un partenaire de vie ? Que tirez-vous d'une collaboration ? Êtes-vous à l'aise avec l'engagement ? Quel type de promesse vous sied le mieux ? Qu'est-ce qui pourrait vous conduire à mettre fin à une relation ?

HUITIÈME MAISON

La maison du sexe et de la mort

Intimité + Transformation + Mysticisme

Attachée : au Scorpion

Associée : à Pluton

Maison opposée : Deuxième

EN RÉSUMÉ

La huitième maison est pleine de mystère. Elle régit tout ce qui a trait au sexe, à la mort, à la naissance et à la transformation, ainsi qu'aux ressources partagées et à ce qui se trouve juste en dessous de la surface.

CE QU'ELLE SYMBOLISE

Bien que la huitième maison soit baignée de mysticisme, tout comme la quatrième et la douzième, elle gouverne également les moments intenses de la vie et des choses plus triviales comme les ressources et les finances. Ses thèmes sont en fait une question de transformation : la mort et la renaissance, la destruction et la régénérescence.

Avec celui du sexe, la forme la plus primale d'intimité, ces thèmes touchent tous au tabou. Le mystère de cette maison réside dans ce qui rôde dans l'obscurité : il s'agit d'apercevoir ce qui est juste en dessous de la surface, afin d'être encore plus en phase avec notre enveloppe corporelle. Il nous faut faire l'expérience de la mort pour connaître la renaissance, nous devons affronter le deuil pour pouvoir faire grandir notre moi profond. La huitième maison régit aussi les possessions partagées : l'argent hérité, les impôts déclarés avec un partenaire, les pensions alimentaires et les dettes communes – certaines faisant directement suite à un décès, les associations à cette maison ne semblent pas si arbitraires que cela.

LES QUESTIONS AUXQUELLES ELLE RÉPOND

La huitième maison peut apporter un éclairage sur nos parts d'ombre et notre moi profond : comment réagissez-vous face au deuil ? Accueillez-vous la transformation ou y résistez-vous ? Quel est votre rapport à la sexualité et à la puissante intimité qu'elle crée ? Vous plongez-vous dans votre côté sombre ou préférez-vous l'éviter ?

NEUVIÈME MAISON

La maison de la philosophie

Exploration + Savoir + Expansion

Attachée : au Sagittaire

Associée : à Jupiter

Maison opposée : Troisième

EN RÉSUMÉ

La neuvième maison est consacrée au développement de l'esprit, par le biais de la philosophie et des études supérieures, mais aussi à l'expansion géographique, grâce au voyage et à l'exploration.

CE QU'ELLE SYMBOLISE

Symbole de croissance, la neuvième maison régit tout ce qui a trait au développement de notre connaissance et de nos croyances, à notre désir d'avoir l'esprit plus ouvert et d'élargir notre vision du monde. C'est la maison des études supérieures – comment nous recherchons, découvrons et approfondissons la connaissance. Elle représente nos principaux systèmes de croyances à travers la philosophie, l'éthique, la foi et la religion. La neuvième maison incarne notre voyage de découverte tandis que nous sommes en quête de sens au-delà des connaissances déjà acquises. Cela revient à prendre de la hauteur, à escalader le plus haut sommet pour, la main en visière, observer l'immensité de la terre et de la mer, alors que nous emplit le désir de partir vers l'horizon.
Un tel désir se manifeste aussi d'un point de vue géographique. Cette maison règne sur les voyages longue distance et le développement personnel qu'ils favorisent en élargissant nos perspectives sur le sens du monde : nouvelles expériences et cultures, rencontres. Elle va influencer la façon dont vous cherchez la connaissance, tandis que les planètes qui la traversent augmenteront l'importance des thèmes qu'elle régit dans votre vie.

LES QUESTIONS AUXQUELLES ELLE RÉPOND

La neuvième maison révèle la manière dont nous vivons le développement et grandissons. Comment cherchez-vous la connaissance ? Où recherchez-vous du sens dans votre vie ? Avez-vous un esprit aventurier ? Vers qui ou vers quoi vous tournez-vous en matière d'exploration et d'approfondissement spirituels ?

DIXIÈME MAISON

La maison du statut social

Carrière + Image + Postérité

Attachée : au Capricorne

Associée : à Saturne

Maison opposée : Quatrième

EN RÉSUMÉ

La dixième maison est celle du statut social : votre carrière, votre image, votre empreinte et votre réputation. Elle regroupe tout ce qui façonne votre vie extérieure.

CE QU'ELLE SYMBOLISE

La dixième maison gouverne notre carrière, le travail que nous faisons et l'impact qu'il a. C'est elle qui représente la vie extérieure : notre ambition, notre motivation et la reconnaissance que nous recevons pour nos accomplissements. Il s'agit de notre travail actuel, mais aussi de la façon dont il va évoluer ou s'arrêter, et de l'empreinte que nous allons laisser.

La dixième maison est également consacrée à notre image publique. Certes, on y trouve la carrière que l'on a choisie et notre motivation professionnelle, mais aussi la place que l'on occupe aux yeux du public grâce à notre métier.

Cette maison gouverne la façon dont les autres, qu'il s'agisse de notre communauté ou du monde, nous voient. Elle représente la célébrité, positive ou non. Ainsi, il y est moins question de notre personnalité véritable que de la personne que nous sommes aux yeux des autres. Nous ne sommes pas maîtres de ce que les autres pensent de nous, mais cette maison contrôle la personne qu'ils pensent que nous sommes. Les planètes dans votre dixième maison auront un impact sur le travail que vous faites et la manière dont il est considéré.

LES QUESTIONS AUXQUELLES ELLE RÉPOND

La dixième maison va éclairer beaucoup d'aspects autour de votre vocation et de votre statut. Quel métier vous convient le mieux ? Votre chemin de carrière sera-t-il ambitieux ? Pour qui votre travail aura-t-il de l'importance ? Obtiendrez-vous une certaine reconnaissance publique pour votre succès ? Le souhaitez-vous ?

ONZIÈME MAISON

La maison des amitiés

Communauté + Groupes Sociaux + Intérêt Général

Attachée : au Verseau

Associée : à Uranus

Maison opposée : Cinquième

EN RÉSUMÉ

La onzième maison gouverne les amitiés, mais, surtout, elle définit notre place au sein de notre communauté et la manière dont nous travaillons à améliorer la vie de la collectivité.

CE QU'ELLE SYMBOLISE

La onzième maison est maîtresse de nos amitiés. Pas tant celles, intimes, que nous formons de manière individuelle, mais plutôt notre place au sein de groupes. Il s'agit de notre tribu, de nos frères et sœurs spirituels, de personnes vers lesquelles nous sommes attirés et que nous attirons. Ainsi, elle représente les groupes de toutes sortes : un cercle d'amis, un réseau de connaissances, un club en lien avec notre profession, une sous-culture ou une communauté, la société dans sa globalité.
Cette maison abrite notre capacité à collaborer, la façon dont nous nous identifions aux autres et le rôle que joue le travail en équipe dans notre vie.
Cette maison régit aussi le rôle que nous jouons dans l'amélioration de la société dans son ensemble. Elle symbolise des thèmes idéologiques et humanistes tels que nos sympathies politiques, les causes de justice sociale qui nous sont chères et les efforts que nous fournissons pour faire évoluer la société vers nos idéaux. C'est la maison des objectifs communs et de notre implication pour les atteindre. Il s'agit moins de nous en tant qu'individus que d'harmonie de l'humanité, d'évolution vers une vision partagée de l'avenir.

LES QUESTIONS AUXQUELLES ELLE RÉPOND

La onzième maison peut nous révéler le type de collaborateur que nous sommes. Quel rôle jouez-vous dans vos cercles sociaux ? Quelles compétences apportez-vous dans les groupes auxquels vous appartenez ? Que faites-vous pour vos amis ? Pour la société dans son ensemble ?

DOUZIÈME MAISON

La maison du subconscient

Secrets + Autosabotage + Transcendance

Attachée : aux Poissons

Associée : à Neptune

Maison opposée : Sixième

EN RÉSUMÉ

La douzième et dernière maison est la plus mystique d'entre toutes. Elle régit l'invisible : les secrets, les rêves, les parts d'ombre et la guérison.

CE QU'ELLE SYMBOLISE

La douzième maison, celle du subconscient, se situe au ras de l'horizon et règne sur les domaines de l'invisible, des parts d'ombre, de l'obscurité. C'est la dernière maison avant l'aube, lorsque la succession astrologique recommence. Elle rejoint la quatrième et la huitième dans leurs mystères, mais elle est de loin la plus mystique de toutes. Elle abrite notre état de subconscient, les rêves symboliques que notre esprit inconscient produit.

La douzième maison est aussi celle de l'autosabotage. Elle définit nos limites, à la fois extérieures et intérieures. Elle gouverne la maladie mentale et l'addiction, les hôpitaux et la prison. Elle détient notre dette karmique et le traumatisme de nos vies passées. Cependant, l'élément peut-être le plus important de cette ultime maison est sa représentation de la transcendance. C'est là que nous plongeons au plus profond de nous et que nous pansons nos plaies, que nous nous reconnectons à l'amour universel et inconditionnel. C'est la douzième maison, enveloppée de tout son mystère, qui nous permet d'avancer.

LES QUESTIONS AUXQUELLES ELLE RÉPOND

La douzième maison peut répondre à autant de questions qu'elle en soulève, telle est la nature de ce mystérieux endroit. Elle nous fournit cependant quelques indications. Qu'avons-nous enterré au plus profond de notre subconscient qu'il serait bon de faire remonter à la surface ? Où la vie que nous avons menée nous a-t-elle conduits ? Quelle suite lui donner ?

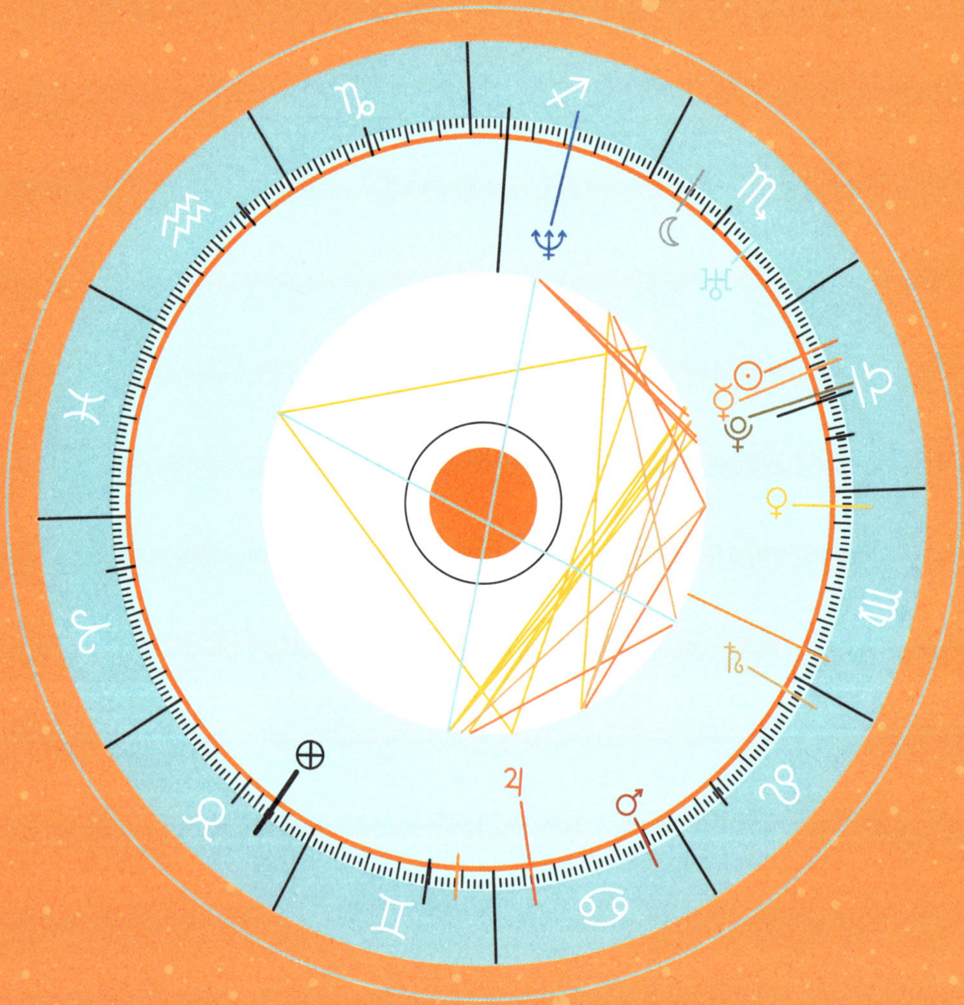

VOTRE THÈME ASTRAL

Votre thème de naissance est peut-être l'élément le plus important en astrologie. Il forme la base de votre connaissance de l'influence des corps célestes sur vous-même. Mais qu'est-ce qu'un thème astral, et comment l'interpréter ?

QU'EST-CE QU'UN THÈME ASTRAL ?

Votre thème astral est, en substance, une photographie du ciel à l'instant où votre conscience a pris vie sur Terre. C'est une carte qui indique l'exacte position des étoiles et des planètes au moment de votre naissance. Pour cette raison, afin de faire votre thème astral un astrologue a besoin non seulement de votre date de naissance, mais aussi de l'heure à laquelle vous êtes né. Cela va lui permettre de produire une carte qui montrera la position de chaque planète lorsque vous avez entamé votre voyage terrestre, et ces configurations vont apporter des précisions très détaillées et complètes sur vos besoins, vos souhaits et les difficultés que vous allez rencontrer au cours de cette vie.

UN TABLEAU D'ENSEMBLE

Bien que l'astrologie grand public se concentre principalement sur la position du Soleil le jour de votre naissance, s'appuyer uniquement sur ce détail revient à faire abstraction du reste du vaste ciel et ne pose qu'un regard général et rudimentaire sur la pratique. La position du Soleil est seulement un élément de ce que votre thème astral peut révéler. Le ciel était rempli d'étoiles et de planètes à l'heure de votre naissance, et connaître la position de chacune vous donnera une image bien plus détaillée de ce que les corps célestes peuvent vous apprendre.

COMMENT CALCULER SON THÈME ASTRAL

Il existe de nombreux sites en ligne qui vont calculer votre thème astral pour vous, les seules informations dont vous aurez besoin sont votre date et votre heure de naissance. Si vous ne connaissez pas votre heure de naissance, demandez-la à un parent ou à un proche qui pourrait savoir. S'ils ne peuvent pas vous répondre, votre certificat de naissance devrait la mentionner.

LES TROIS FONDAMENTAUX

Comme nous l'avons dit précédemment, trois signes occupent les places les plus importantes en matière de thème astral : votre signe solaire, votre signe lunaire et votre ascendant. Afin de mieux comprendre leur signification et la manière dont ils se manifestent dans votre vie, nous vous invitons à lire les chapitres suivants.

SIGNE SOLAIRE

Votre personnalité profonde

Tout comme le Soleil est au cœur de notre Système solaire, il joue un rôle central dans notre thème astral. Ce n'est pas par hasard si tout le monde connaît ce signe, même en ne possédant qu'une notion superficielle de l'astrologie. C'est le meilleur point de départ pour explorer ce que les étoiles disent de votre personnalité.

POURQUOI IL EST IMPORTANT

Le Soleil est l'élément le plus crucial de notre Système solaire et, en tant que tel, il possède une grande influence en astrologie. Ce n'est certes qu'un seul des éléments qui composent notre être astrologique, mais il s'agit véritablement de qui nous sommes. Il met donc en lumière les bases de notre personnalité. Si les autres planètes et positionnements présents dans notre thème peuvent apporter de la nuance et approfondir notre connaissance de soi, tous sont au service du chemin sur lequel notre signe solaire nous a placés.

CE QU'IL NOUS DIT

La position du Soleil dans notre thème astral va nous donner la base fondamentale de notre lecture astrologique. Elle nous indique qui nous sommes et comment les autres nous voient. Elle peut expliquer nos comportements, nos motivations et nous aider à comprendre l'essence même de notre personnalité. Le Soleil nous dit ce qui nous inspire ; il nous octroie des cadeaux et peut aussi définir nos difficultés. Il nous donne un plan à partir duquel nous allons pouvoir déchiffrer qui nous sommes et comment nous connecter à la personne que nous sommes destinés à incarner. L'énergie de notre signe solaire a également une importance déterminante.
Elle met en lumière la vibration qui nous est familière et nous aide à comprendre ce qui nous fait nous sentir le mieux – la façon dont nous vivons le monde et nous y exprimons. Comme l'influence des planètes peut n'être que passagère, le Soleil est notre identité immuable, celle qui nous permet d'apprendre, de grandir et de nous transcender. Si vous souhaitez en connaître davantage sur votre signe solaire, rendez-vous au chapitre sur le zodiaque qui commence page 22 et lisez la partie consacrée au signe que le Soleil occupe dans votre thème astral.

SIGNE LUNAIRE

Votre vie intérieure

Certes, votre signe solaire occupe la première place dans votre thème astral en influençant votre personnalité et votre apparence extérieure, mais la position de la Lune a une importance vitale, elle aussi. Bien que la culture populaire mette principalement l'accent sur le signe solaire, connaître notre signe lunaire nous aide à véritablement comprendre qui nous sommes.

POURQUOI IL EST IMPORTANT

Le Soleil représente notre ego, notre conscience. Il n'est qu'action extérieure et apparences, notre moi visible. La Lune, quant à elle, incarne notre instinct, notre inconscient. C'est notre moi le plus intime, nos pensées et nos émotions cachées. Elle peut ainsi représenter notre être le plus authentique. Sans le reflet que la Lune nous renvoie pour nous donner de la profondeur, nous n'aurions aucun équilibre et serions entièrement régis par l'ego enflammé du Soleil. Elle est donc l'énergie féminine qui contrebalance l'intense masculinité du Soleil. La Lune, en substance, nous complète.

CE QU'IL NOUS DIT

La position de la Lune dans notre thème astral nous apprend beaucoup de choses. Elle met notre âme en lumière et apporte nuance et profondeur à ce que propose notre signe solaire. Comme elle règne sur notre univers émotionnel, elle peut nous aider à comprendre non seulement ce que l'on ressent, mais aussi pourquoi et comment. Si notre personnalité extérieure se sent en rupture avec notre moi intérieur, notre signe lunaire peut mettre les choses en contexte et nous guider pour résoudre ce conflit. Il explique en outre nos instincts et la motivation qui se cache derrière les actions que nous faisons sans même y penser.

La nature bienveillante de la Lune est également de prime importance. Elle nous dit en effet de quoi nous avons besoin pour nous sentir aimés, la manière optimale de prendre soin de nous, et la façon dont nous aimons le plus nous occuper des autres. Cette connaissance est peut-être la plus capitale de toutes. Si nous ne prenons pas soin de notre moi le plus intime ou que nous ne nous donnons pas l'amour dont nous avons besoin, alors nous pourrions ne jamais trouver de véritable épanouissement.

LA LUNE DANS LES SIGNES

BÉLIER

Honnête + Impulsif + Idéaliste

Le fougueux Bélier n'est qu'action. Aussi, quand il est question d'émotions, le voyage peut être intense et turbulent ! Le Bélier sait ce qu'il veut et se lance à la poursuite de ce qu'il convoite. Avec un Bélier lunaire, vous saurez toujours quelle est sa position. Il est honnête avec ses sentiments, qu'il partage avec franchise, même lorsque vous n'en avez pas envie. Il sent les choses de manière vive et profonde, plongeant parfois la tête la première sans avoir réfléchi au préalable. Il est régi par la passion et un optimisme enthousiaste. Son manque de réflexion lui fait prendre des risques émotionnels qui peuvent même parfois sembler un peu immatures.

La clef du bonheur : le Lune-Bélier a besoin du frisson de l'aventure. Il adore être à la poursuite d'un objectif et libre d'assouvir ses nombreuses passions. Reconnaissez sa valeur et il se montrera sous son meilleur jour : enthousiaste, honnête et débordant d'une énergie idéaliste.

TAUREAU

Ancré + Stable + Digne de Confiance

L'énergie fixe du Taureau, signe de terre, donne à la Lune, reine des émotions, une fondation inébranlable pour pouvoir vivre ces dernières. Contrairement au Bélier impulsif, un Taureau lunaire prend son temps. Il apprivoise ses émotions de manière lente, stable et parfois aussi méfiante. Vous ne trouverez pas de montagnes russes dans ce signe, simplement un désir de sécurité et un besoin de tranquillité. Ce désir de sécurité peut quelquefois se transformer en paralysie : il lui arrive alors de s'accrocher à des émotions, à des idées ou à des relations bien longtemps après qu'elles ont fini de le servir. C'est un partenaire solide et fidèle qui se montre digne de confiance et loyal. Son énergie, très ancrée, le rend physiquement sensible et sensuel.

La clef du bonheur : le Lune-Taureau aime le contact physique. C'est un être sensuel qui apprécie les plaisirs terrestres – déguster de bons petits plats et se faire chouchouter. Il se sent bien lorsque sa maison est confortable et s'exprime souvent à travers sa façon de la décorer et d'en profiter.

GÉMEAUX

Expressif + Lunatique + Versatile

Pour les Gémeaux, tout est question de communication. Les signes lunaires en Gémeaux mettent leur intelligence au service de leurs sentiments. Ils aiment explorer leurs émotions et sont souvent capables de mêler leurs histoires de cœur à leurs dons d'analyse. Les Lune-Gémeaux n'ont pas peur d'exprimer leurs émotions, en vous embarquant avec eux – et quel voyage vous faites ! Du fait de leurs capacités d'attention limitées, leurs sentiments changent rapidement – souvenez-vous : le signe est gouverné par Mercure, d'où son côté « mercuriel » ! – et ils peuvent passer radicalement d'un état à un autre.

La clef du bonheur : il faut aux Gémeaux lunaires un exutoire pour leur besoin quasi permanent de s'exprimer, qu'il s'agisse d'écriture, d'art ou simplement d'une conversation intéressante – avec, et c'est peut-être plus important encore, un partenaire qui sache les écouter. Ils sont heureux quand ils sont stimulés intellectuellement..

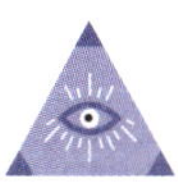

CANCER

Sensible + Intuitif + Protecteur

Le Cancer étant gouverné par la Lune, celle-ci en domicile amplifie toutes les caractéristiques de ce signe d'eau. Le Cancer lunaire ressent les choses de la manière la plus profonde qui soit. Sous cette carapace épaisse se cache en effet un être extrêmement sensible. Cette grande vulnérabilité suscite parfois un sentiment d'insécurité, des sautes d'humeur, du ressentiment, voire un coup de pince vif. Cependant, quand il se sent en sécurité et à l'aise, il est incroyablement en phase avec non seulement ses propres émotions, mais aussi celles de tout le monde. Les signes lunaires en Cancer font preuve d'un esprit profondément maternel et aiment prendre soin des autres, incarnant souvent un rôle de figure matriarcale.

La clef du bonheur : faire confiance et se sentir rassuré, voilà ce qui est indispensable pour un Lune-Cancer. Ce signe casanier a besoin d'un environnement domestique très confortable et d'un espace où s'isoler des émotions de tous ceux qui l'entourent.

LION

Dramatique + Confiant + Affectueux

Le Lion est souvent fait pour la scène, et, avec la Lune dans ce signe, c'est au tour des émotions de vouloir leur place sous les feux des projecteurs. Les Lune-Lions expriment tous leurs sentiments avec leur sens théâtral inné, et veulent plus que tout une audience attentive à leur performance. Tristesse, joie, amour, deuil… : ils ressentent tout avec force et l'expriment avec encore plus de vigueur et ostensiblement, afin que le monde puisse en être témoin. Ils sont très chaleureux et ne craignent pas les démonstrations d'affection en public – qu'ils savourent même.

La clef du bonheur : des tonnes d'attention, être vus, entendus, ressentis et compris. Ils adorent qu'on les couvre d'affection autant qu'ils apprécient d'en donner. Les activités créatives constituent de bons exutoires à leur besoin de s'exprimer.

VIERGE

Pratique + Rationnel + Nourricier

Le perfectionnisme de la Vierge peut entrer en conflit avec l'univers des émotions, fluide et désorganisé, de la Lune. C'est pour cette raison que les Lune-Vierges semblent parfois distantes : elles appliquent leur nature pragmatique aux éléments constamment fluctuants de l'instinct et de l'intuition. Contrairement au Lion imposant et ostentatoire, elles tempèrent leurs émotions, préférant les analyser avec leur tête plutôt que de les ressentir avec leur cœur. Cependant, grâce à leur envie de s'améliorer, elles font volontiers des efforts en la matière. Rendre service est très important aux yeux des signes lunaires en Vierge, qui se satisfont de faire profil bas, prodiguant leurs soins et leur soutien en toute discrétion.

La clef du bonheur : les Vierges lunaires sont le plus épanouies lorsqu'on a besoin de leur aide. Ce positionnement est optimal, car il donne à leur désir de servir un moyen sain de s'exprimer. Elles aiment aussi savoir que l'on a remarqué leurs efforts.

BALANCE

Équilibré + Accommodant + Flexible

Les Lune-Balances sont définies par l'équilibre. Charmantes, amicales, diplomates, elles ne ménagent pas leurs efforts pour atteindre l'harmonie émotionnelle. Mais leur besoin de préserver la paix peut les conduire à refouler leurs propres émotions, et leurs efforts pour plaire à tout le monde pourraient bien leur faire perdre une part d'elles-mêmes. En quête de justice, elles cherchent souvent à prendre en compte les deux versions de l'histoire, ce qui rend malaisée la connaissance de leurs véritables sentiments. Créatures extrêmement sociables, elles maîtrisent à ravir l'art de la conversation et s'épanouissent dans des relations égalitaires, amoureuses ou non.

La clef du bonheur : les signes lunaires en Balance peuvent être de grands romantiques. Donner et recevoir des marques d'amour les rendent heureux. Ils désirent ardemment la paix et s'épanouissent au sein de la beauté.

SCORPION

Intense + Intuitif + Profond

La Lune en Scorpion, un signe d'eau fixe, inspire une intensité émotionnelle à ces âmes passionnées. Elles sondent volontiers la profondeur de leurs sentiments, aussi sombres soient-ils. Elles feront de même pour leurs amis et ceux qu'elles aiment, les accompagnant et les soutenant dans leur voyage émotionnel, plus loin que d'autres signes lunaires, moins courageux, sont disposés à aller. Néanmoins, une telle intensité est difficile à gérer pour ces Lune-Scorpions, qui peuvent se montrer lunatiques et destructeurs, attaquant de leur dard dès qu'ils se sentent offensés ou trompés.

La clef du bonheur : les Lune-Scorpions accordent beaucoup de valeur à la confiance – c'est ce qui leur permet d'être ouverts quant à leur intensité émotionnelle. Il leur est également utile de bénéficier d'un soutien émotionnel équivalent de la part d'amis et de partenaires capables de gérer une telle force de sentiments et un tel niveau d'intimité.

SAGITTAIRE

Optimiste + Candide + Insouciant

Le Sagittaire est un esprit libre et, quand la Lune est dans ce signe, cela se manifeste dans son univers émotionnel. Ces personnes curieuses de nature, aventurières et faciles à aimer abordent les émotions profondes avec insouciance. Elles ont en effet tendance à les digérer puis à passer à autre chose, n'effleurant parfois que la surface d'une expérience émotionnelle sans, contrairement au Scorpion, véritablement en explorer l'intensité et l'ampleur. Peut-être devraient-elles travailler davantage à se connecter à leur vie intérieure, mais, comme elles adorent toujours apprendre, elles sont souvent prêtes à relever le défi. Elles sont très honnêtes et vous n'aurez jamais à vous demander ce qu'elles pensent.

La clef du bonheur : pour les Sagittaires lunaires, la liberté prime. Donnez-leur un peu d'espace – et de soutien –, et leurs meilleures qualités ressortiront. Ils se montreront alors enthousiastes, curieux, amoureux de la vie et avides d'apprendre.

CAPRICORNE

Maître de Soi + Sérieux + Impliqué

La nature ambitieuse et pragmatique de ce signe cardinal de terre ne se prête guère aux manières désordonnées et émotives de la Lune. Les Lune-Capricornes ne se laisseront pas aller aux grands sentiments, ils sont bien trop mesurés et réservés pour se laisser déborder par les émotions changeantes de la Lune. Cela ne signifie pas pour autant qu'ils ne les ressentent pas : ce signe lunaire discret a simplement besoin d'un peu de soutien pour se connecter à son moi intérieur, relâchant ainsi l'étau de son esprit sur son cœur. Ce sont des partenaires extrêmement fiables et responsables, qui placeront les besoins et la sécurité de leur famille au-dessus de tout.

La clef du bonheur : les Lune-Capricornes sont déterminés à réussir et ont besoin d'espace et de soutien pour se concentrer sur leur carrière. La loyauté les sécurise : un environnement de confiance leur permet de faire leur introspection.

VERSEAU

Distant + Logique + Visionnaire

Le Verseau est le rebelle humanitaire du zodiaque et le positionnement de la Lune dans ce signe fixe d'air le rend assez distant vis-à-vis des sentiments. Son esprit rationnel se laisse rarement envahir par les émotions, ce qui peut le faire paraître quelque peu détaché d'un point de vue personnel. Cependant, cette âme altruiste a toujours à cœur le bien de l'humanité et cherche en permanence un moyen de nous faire tous progresser, aussi anticonformistes que puissent être ses idées ou ses méthodes. Quand les Lune-Verseaux s'autorisent à ressentir les choses, leurs émotions déboulent avec une grande force, mais repartent souvent aussi vite qu'elles sont venues.

La clef du bonheur : ces êtres créatifs et hors normes ont besoin de cultiver leurs centres d'intérêt atypiques. Lutter pour l'avancement d'une cause et trouver une communauté bienveillante de personnes excentriques comme eux donnent aux signes lunaires en Verseau un espace où canaliser et explorer le monde de leurs émotions.

POISSONS

Compatissant + Aimant + Émotif

Le positionnement de la Lune dans l'espace mutable du signe d'eau qu'est celui des Poissons crée un puits abyssal d'émotion et d'empathie. Les Lune-Poissons débordent de sentiments et sont profondément en phase avec chacun d'entre eux. Cependant, ils ne vivent pas seulement leurs propres émotions, mais aussi celles des autres, avec une compassion généreuse et infinie, ainsi qu'une intuition troublante qui les renseigne sur leurs états d'âme. Le défi que doivent relever des Poissons lunaires est d'apprendre à contrôler ce flux libre d'énergie émotionnelle. Fixer des limites n'est pas chose aisée pour eux, mais établir certains paramètres leur sera très bénéfique.

La clef du bonheur : ces âmes rêveuses sont également très créatives ; aussi, un mode d'expression artistique pourra les empêcher de se noyer dans les eaux profondes de leurs émotions. Passer du temps en solitaire leur permet aussi de se ressourcer, tout particulièrement si elles y incluent une pratique spirituelle.

SIGNE ASCENDANT

Votre personnalité extérieure

Votre signe solaire représente votre personnalité profonde et la Lune influence votre vie intérieure : ensemble, ils forment une image détaillée de qui vous êtes. Toutefois, votre ascendant vient compléter le tout, mettant en lumière votre personnalité aux yeux du monde extérieur.

QU'EST-CE QUE L'ASCENDANT ?

Il est clair que la configuration d'une planète dicte nos signes solaire et lunaire. Mais qu'est-ce vraiment qu'un ascendant et comment est-il déterminé ?
Bien que de nombreux autres éléments de votre thème astral puissent être calculés uniquement grâce à votre date de naissance, il est nécessaire de disposer de votre heure de naissance pour trouver votre ascendant. En effet, il est obtenu par le signe zodiacal que coupait la ligne d'horizon, qui se lève à l'est, à l'heure où vous êtes né. Ce signe change presque toutes les deux heures, ce qui explique pourquoi votre heure de naissance est nécessaire pour être précis.

POURQUOI IL EST IMPORTANT

Notre ascendant est important pour plusieurs raisons. Tout d'abord, il détermine la position de la première maison, qui définit à son tour le placement des onze autres sur la roue zodiacale. Cet élément fait donc naturellement de lui un signe influent. Néanmoins, il est également vital car c'est lui – avec le signe solaire et le signe lunaire – qui constitue la base de notre patrimoine astrologique. Si notre signe solaire est notre personnalité profonde et notre signe lunaire notre moi le plus intime, notre ascendant représente notre personnalité extérieure : c'est une nouvelle clef pour comprendre l'être que nous sommes dans sa globalité.

CE QU'IL NOUS DIT

Notre ascendant gouverne nos premières impressions : comment les autres perçoivent notre apparence et nos gestes lorsque nous les rencontrons pour la première fois. Il s'agit de notre image, notre attitude, nos couches les plus externes, ce qui inclut même notre apparence physique et nos manies.
Ce sont les airs que l'on se donne quand on fait la connaissance de quelqu'un et le rapport que l'on entretient avec ceux qui ne connaissent pas encore notre véritable personnalité. Comprendre comment les autres nous voient permet d'avoir un tableau d'ensemble pour comprendre comment se voir.

SENS DE CHAQUE SIGNE ASCENDANT

ASCENDANT BÉLIER

Énergique + Direct + Confiant

Les personnes ascendant Bélier déboulent dans une fête telles de véritables forces de la nature. La tête haute, elles dégagent une aura de confiance renforcée par leur énergie et leur enthousiasme. Elles animent la conversation sans retenue. Si elles ont un avis, et vous pouvez être sûr que c'est le cas, elles vont le partager. Un ascendant Bélier communique de manière directe et franche sur ses besoins et ses souhaits. Il est souvent impulsif, s'immisçant soudainement dans une conversation, un projet ou même un travail avec ferveur. Parfois, ses émotions pleines de fougue prennent le dessus et il peut se montrer brusque, querelleur ou autoritaire.

Caractéristiques physiques : débordant d'énergie, notre ascendant Bélier est très physique. Il évolue dans le monde prestement et avec agilité. Il est généralement solidement bâti et ses sourires sont éblouissants.

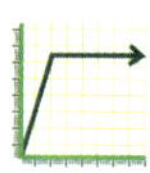

ASCENDANT TAUREAU

Stable + Facile à vivre + Sensuel

Les ascendants Taureau ont une présence calme, ainsi qu'une nature lente et constante. Il en faut beaucoup pour les déstabiliser et il n'est pas non plus dans leurs habitudes de froisser les autres. Ils apprécient les plaisirs raffinés, ce qui se reflète clairement dans leur apparence. Impeccables, pragmatiques, ils préfèrent le confort et la sécurité à l'aventure et aux nouvelles expériences. Ce signe ascendant peut paraître obstiné s'il n'y prend pas garde, et résiste à tout changement qui fait trop de vagues. Son côté sensuel lui permet d'apprécier grandement les plaisirs terrestres qu'offre la vie.

Caractéristiques physiques : les ascendants Taureau sont, généralement, naturellement attirants. Leur attitude tranquille se reflète dans leur regard et ils possèdent une vraie grâce physique.

ASCENDANT GÉMEAUX

Sociable + Bavard + Curieux

Les ascendants Gémeaux sont de vrais bavards et parlent facilement à tout le monde. Leur curiosité est insatiable et, comme ils sont charmants, leur vie sociale est bien remplie. Ils sont très à l'aise pour papoter avec un voisin, s'adonner à des joutes intellectuelles avec un collègue, ou encore glisser des traits d'esprit dans la conversation de tous les jours. Ils s'adaptent à n'importe quel environnement et trouvent le moyen de nouer des liens avec des personnes de tous horizons. Cette connexion peut cependant n'être que superficielle, mais les ascendants Gémeaux font preuve d'un peu plus de discernement quand ils doivent choisir ceux qu'ils souhaitent mieux connaître et à qui ils vont s'ouvrir en retour.

Caractéristiques physiques : l'esprit d'un ascendant Gémeaux fait rarement de pause, ce qui peut générer une sorte d'énergie nerveuse qu'il chasse souvent d'un sourire chaleureux. Il s'exprime beaucoup avec son corps et gesticule en parlant.

ASCENDANT CANCER

Nourricier + Gracieux + Réservé

Les ascendants Cancer sont naturellement enclins à materner et mettent immédiatement les autres à l'aise, leur donnant le sentiment qu'on s'occupe d'eux. Leur grand sens de l'intuition leur permet de comprendre les sentiments des autres et d'adapter leur comportement. Ils préfèrent une relation intimiste à des conversations banales et à de simples papotages. Leur grande sensibilité peut les rendre vulnérables. Ils se mettent alors en retrait et se montrent réservés, n'abandonnant toutefois que très rarement leur attitude patiente et gracieuse. Cependant, vous saurez quand la situation se présentera, car ils seront prompts à sortir leurs pinces. De nature très casanière, ils préfèrent les environnements familiers et confortables. Ils peuvent être déstabilisés par des situations trop chaotiques.

Caractéristiques physiques : bien que leur style soit chic et classique, ils privilégient le pratique à l'esthétique, surtout si les vêtements à la mode sont inconfortables. Leur caractère maternant se lit sur leur visage, empreint d'une douceur qui traduit leur compréhension et leur empathie.

ASCENDANT LION

Confiant + Gentil + Charismatique

Les ascendants Lion ont un magnétisme inné. Ils attirent naturellement l'attention dès qu'ils entrent dans une pièce, chose qu'ils apprécient beaucoup. Ils sont à l'aise sous les feux des projecteurs, probablement parce qu'ils ont une aura de star. Les ascendants Lion semblent être pleins d'assurance, et, même si ce n'est pas le cas, personne ne le saura jamais. Ils sont gentils et charmants, passionnés et amusants. Heureusement pour eux, il est facile de les aimer, car ils aiment qu'on les couvre d'adoration, bien qu'être le centre de l'attention leur suffise généralement. Ils ont aussi un don pour le dramatique, qu'ils ne peuvent s'empêcher d'exploiter.

Caractéristiques physiques : les ascendants Lion ont une présence imposante, ils se tiennent souvent bien droit, la tête haute et les épaules en arrière. Leur goût de la mise en scène transparaît dans leurs gestes et leur visage expressif, et leur style va souvent de pair avec leur désir d'attention.

ASCENDANT VIERGE

Fiable + Timide + Serviable

Les ascendants Vierge sont d'une nature polie et pragmatique. Leur perfectionnisme se révèle dans leur apparence : ils ne sont jamais échevelés et vous ne les surprendrez jamais avec leur braguette ouverte ou un bouton en moins à leur chemise. Ils sont extrêmement réalistes et ont d'excellentes capacités d'analyse. Bien qu'ils soient bien loin de la nature grégaire des ascendants Lion, et peuvent en réalité sembler quelque peu timides et détachés, ils se montrent eux aussi fort serviables. Ils donnent toujours volontiers un coup de main et inspirent une confiance que les autres trouvent rassurante.

Caractéristiques physiques : les ascendants Vierge parlent souvent d'une voix douce et ont une force physique qui n'est pas évidente de prime abord, surtout si l'on se base sur leur apparence ou leur façon de se tenir. Ils analysent toujours de leur regard perspicace la pièce dans laquelle ils viennent d'entrer.

ASCENDANT BALANCE

Sociable + Charmant + Sympathique

Les ascendants Balance sont comme des poissons dans l'eau lors d'une soirée. Ces créatures extrêmement sociables font une entrée remarquée, brillent par leur présence et usent de leur charme et de leur charisme sur tous ceux qu'ils rencontrent. Ils sont avenants et gracieux, chaleureux et amusants. Ils apportent l'harmonie dans une pièce et aident à mettre tout le monde à l'aise. Les ascendants Balance connaissent bien les règles du savoir-vivre et possèdent un sens inné de la diplomatie. Leur capacité à toujours voir les deux versions des faits les rend justes et objectifs, mais les plonge dans l'impossibilité de se décider, ce qui peut conduire les autres à penser qu'ils ont une personnalité fade ou neutre.

Caractéristiques physiques : leur amour de la beauté se manifeste à travers leur apparence. Ils s'habillent bien et semblent le faire naturellement – même si cela leur a demandé beaucoup d'efforts. Ils possèdent aussi un sourire des plus magnétiques.

ASCENDANT SCORPION

Magnétique + Mystérieux + Intense

Les ascendants Scorpion ont peut-être un extérieur froid, mais leur degré d'intensité apparaît immédiatement. Certes, ils ne partagent pas la profondeur de leurs sentiments tant qu'ils ne vous font pas véritablement confiance, mais il est clair qu'il existe chez eux une certaine intensité, voire une part d'obscurité, qui affleure à la surface. Lorsqu'ils entrent dans une pièce, leur présence est imposante et s'enveloppe d'un air de mystère. Ils sont toujours dans la maîtrise et cherchent à prendre le contrôle. Ils ne se mettent jamais en avant, mais, avec leur magnétisme énigmatique, ils attirent l'attention depuis l'ombre où ils préfèrent se tenir.

Caractéristiques physiques : un ascendant Scorpion manifeste son caractère intense par le regard – vous pourriez bien avoir l'impression qu'il peut lire en vous. Sa force et son pouvoir transparaissent également dans son physique, notamment dans sa façon de se tenir et de bouger.

ASCENDANT SAGITTAIRE

Spontané + Optimiste + Avenant

Les ascendants Sagittaire sont de véritables boute-en-train. Leur enthousiasme est contagieux et ils laissent leur curiosité insatiable les mener où bon leur semble. Grâce à leur nature avenante, il leur est facile de se nouer rapidement d'amitié avec n'importe qui, et leur sens de l'aventure attire les autres. Planifier ? Très peu pour eux ! Ils sont bien plus à l'aise dans la spontanéité. Ils semblent être la parfaite incarnation de « l'esprit libre » et toujours avoir beaucoup de chance. Ils sont souvent très optimistes, raison supplémentaire pour les autres de vouloir baigner dans leur aura.

Caractéristiques physiques : un ascendant Sagittaire aura souvent les yeux qui pétillent – une allusion à son enthousiasme et aux futures aventures qui l'attendent. Il semble vraiment à l'aise dans son corps et dans ses gestes, et attire les autres avec son sourire éclatant.

ASCENDANT CAPRICORNE

Déterminé + Réservé + Fiable

Les ascendants Capricorne savent clairement obtenir des résultats. Bien qu'ils puissent se montrer un peu sur la réserve au début, ils renvoient une énergie qui annonce avec sérieux : « Je prends les choses en main. » Contrairement aux grégaires ascendants Lion ou aux audacieux ascendants Bélier, ils sont dans la retenue, évaluant la situation et ajustant leur comportement en fonction. Ce n'est que lorsque vous aurez gagné sa confiance que vous verrez un ascendant Capricorne se lâcher, ce qui, pour lui, signifie sortir des blagues spirituelles ou mettre un peu de côté sa bienséance. Il est doté d'une intelligence vive et d'un désir inné de rendre service.

Caractéristiques physiques : les ascendants Capricorne sont raffinés et se tiennent généralement avec beaucoup de prestance. Leur style est simple et efficace. Ils bougent de manière mesurée et délibérée, évaluant tout ce qui les entoure de leur regard calculateur.

ASCENDANT VERSEAU

Dynamique + Unique + Idéaliste

Il est généralement facile de remarquer l'ascendant Verseau dans une soirée : c'est celui qui porte une tenue excentrique et bavarde avec tout le monde avec grande animation. Ses sujets de conversation sont les plus originaux et il fait part de ses opinions tranchées sans hésiter, peu importe ce que les autres peuvent en penser. Il est amusant, insolite et provocateur, avec un côté visionnaire qui se révèle de bien des façons. Même s'il s'entend habituellement avec tout le monde, il peut être difficile de le connaître véritablement, car son esprit est tourné vers l'avenir et donc incapable de se consacrer à vous dans le moment.

Caractéristiques physiques : la vivacité des ascendants Verseau s'exprime physiquement. Ils sont à l'aise dans leur corps et ont une façon détendue de se mouvoir. Ils ont parfois des manies excentriques pour s'exprimer.

ASCENDANT POISSONS

Doux + Sensible + Créatif

Les ascendants Poissons sont la gentillesse incarnée et peuvent mettre tout le monde à l'aise grâce à leur écoute exceptionnelle et à leur empathie authentique. Ce sont des êtres profondément bienveillants, ouverts et qui, grâce à la qualité de leur signe d'eau, s'adaptent à toute personne avec laquelle ils entrent en contact. Ils peuvent donc parfaitement se fondre dans une fête animée et bruyante, ou se poser pour une discussion en tête à tête avec quiconque aura envie d'échanger avec eux de manière intime et vraie. Créatifs et rêveurs, ils utilisent souvent les activités artistiques comme moyen d'expression.

Caractéristiques physiques : la nature bienveillante des ascendants Poissons se reflète aussi physiquement. Ils parlent généralement d'une voix douce et ont un regard ouvert empreint de compréhension. Les mouvements de leur corps sont fluides et posés, à l'image de leur personnalité.

ASSEMBLER LES PIÈCES DU PUZZLE

Maintenant que vous avez compris les bases des principaux thèmes et influences de l'astrologie, vous pouvez mettre cette connaissance à profit pour mieux comprendre votre propre patrimoine astrologique. Comme vous le savez désormais, vous êtes bien plus que votre signe solaire ! Votre thème de naissance est rempli de détails et de nuances : en l'explorant avec cette nouvelle sensibilité, vous embarquez pour une aventure merveilleusement passionnante.

Tout d'abord, observez la répartition des planètes. Sont-elles positionnées de manière équitable ou en majorité dans l'un de ces quadrants ?

Moitié supérieure : le monde extérieur, la sociabilité, le caractère extraverti et le progrès collectif.
Moitié inférieure : le monde intérieur, la vie privée, le caractère introverti et l'amélioration de soi.
Est (gauche) : indépendance et caractère assertif.
Ouest (droite) : relationnel et caractère passif.

Puis, penchez-vous sur le « trio de choc » que constituent vos signes solaire, lunaire et ascendant. Voyez comment les différentes énergies résonnent en vous, et comment, ensemble, elles représentent les éléments majeurs de votre personnalité. Regardez dans quelle maison votre Soleil et votre Lune sont en domicile, et où leur énergie transparaît dans ces aspects de votre vie.

Ensuite, examinez le positionnement de vos planètes. Dans quelle maison réside chacune d'elles et qu'est-ce que cela veut dire sur vous ? Est-ce qu'une maison en particulier bénéficie de toute l'attention tandis que les autres demeurent vides ? Comment cette énergie s'exprime-t-elle dans votre vie ? De toute cette information, sachez tirer certains thèmes, traits et énergies, et ainsi mieux comprendre dans quels domaines vous rencontrez des obstacles, les raisons de ces difficultés, ou encore les aspects de votre vie naturellement plus faciles pour vous.

AU-DELÀ DES PLANÈTES, DES SIGNES ET DES MAISONS

Bien que nous ayons couvert beaucoup d'informations dans ce livre, nous n'avons qu'effleuré le sujet. Votre thème astral est plein de détails et de nuances, des aspects planétaires – révélateurs d'informations basées sur les relations géométriques – à d'autres points clefs similaires à votre ascendant mais d'une importance moindre. Vous avez désormais une base riche en éclairages sur laquelle travailler, mais, si vous le souhaitez, votre voyage astrologique ne fait que commencer.

METTRE L'ASTROLOGIE EN PRATIQUE

Et maintenant, comment faire pour mettre en application la magie du cosmos dans votre vie quotidienne ? L'astrologie est un merveilleux outil : ses indications sur notre personnalité, notre comportement, les difficultés que nous pourrions rencontrer et nos points forts sont d'une aide précieuse pour devenir la personne que nous souhaitons être. En apprenant comment les planètes et leurs mouvements affectent la vie sur Terre tandis qu'elles gravitent autour du Soleil, vous pourrez puiser dans leur énergie ou la rééquilibrer si besoin. Mais, avant tout, l'astrologie nous rappelle que nous ne sommes qu'une infime partie d'un immense univers interconnecté, ce qui est en soi une leçon d'humilité édifiante.

L'ASTROLOGIE COMME OUTIL

L'astrologie est un art ancestral, une lecture des étoiles basée sur un symbolisme et des archétypes qui continuent à évoluer. Elle possède elle-même tant de significations et de nuances que l'on pourra toujours trouver de nouvelles informations différentes sur les planètes et leur influence. C'est aussi un art d'intuition. Tout comme le thème astral de chacun est unique, l'appréhension et l'appréciation de l'astrologie diffèrent selon chacun. Un même thème astral pourra être interprété différemment. La complexité de l'existence humaine est infinie. Peu importe à quel point l'énergie de votre signe solaire de la Balance résonne en vous, par exemple : vous êtes bien plus qu'un « papillon social » qui aspire constamment à l'équilibre. Si vous cherchez à faire entrer votre vie dans une boîte bien rangée, avec un destin déterminé par les étoiles, ce n'est pas l'astrologie qui va vous y aider.

Heureusement, d'ailleurs, car c'est bien plus que cela ! Au lieu de vous donner une définition réductrice de qui vous êtes, l'astrologie vous offre un outil enrichissant capable d'accroître la joie et l'appréciation de votre bref passage sur Terre, d'augmenter vos vibrations de compréhension de soi et de vous aider à vous connecter plus intimement à vous-même et aux autres. Explorer votre thème astral est une parfaite opportunité pour s'adonner à l'autoréflexion intentionnelle. Cela vous aidera à être fier de vos forces et à puiser dans vos talents. Vous pourrez également mieux comprendre vos points faibles et vos difficultés, et accepter qu'ils constituent une part importante de votre personnalité et de votre développement ici sur Terre. Accueillir les planètes et l'énergie qu'elles expriment à travers les signes, utiliser les maisons pour comprendre où elles se manifestent dans votre vie sont autant d'éléments qui vous donnent le pouvoir de changer ou d'équilibrer les aspects qui en ont le plus besoin. L'astrologie n'est pas un verdict, c'est un cadre pour guider la compréhension et le changement. Il vous appartient d'en faire ce que vous souhaitez – et ce pourrait bien être là le meilleur cadeau que vous offre l'Univers.

INDEX

REMERCIEMENTS

J'ai le sentiment que la publication de ce livre était écrite dans le ciel ! Tant de personnes ont véritablement contribué à le faire rayonner. Merci à Catie Ziller de toujours me donner une plateforme où partager les sujets qui me sont chers, à Kathy Steer pour sa grande sagesse avec les mots et à Michelle Tilly d'avoir apporté une touche pétillante avec ses concepts et ses illustrations. Je remercie la photographe Lisa Linder et l'accessoiriste Aya Nishimura, qui forment à elles deux une fine équipe de l'image. Enfin, toute ma gratitude va à ma Vierge préférée et à mon petit Lion : je remercie tous les jours ma bonne étoile de vous avoir dans ma vie.

Ouvrage coréalisé en Grande-Bretagne par :
Coordination éditoriale : Catie Ziller
Auteure : Lisa Butterworth
Photographe : Lisa Linder
Stylisme : Aya Nishimura
Conception : Michelle Tilly
Éditrice : Kathy Steer

Pour la traduction française :
Traducteur : Julie Sence-Herlihy
Mise en page : Frédéric Voisin
Relecture : Valérie Poge

L'auteur a effectué des recherches sur chacune des huiles essentielles mentionnées dans cet ouvrage, mais ne peut être tenue responsable de tout effet indésirable lié à leur utilisation, qui est de votre entière responsabilité. En cas de doute, prenez contact avec un aromathérapeute qualifié.

58 rue Jean Bleuzen 92170 Vanves

2702259
978-2-501-16888-5
Dépôt légal : août 2022
Achevé d'imprimer en juillet 2022 en Espagne sur les presses de Graficas Estella.